洛東 장곡리 선영에 계시는 아버님에게

新安보육원 신용리 바닷가에 계시는 어머님에게

'龜島를 아는가'를 바칩니다

아내, 천사로부터

목포 북항(뒷개)에서 보이는 구례도(구도(龜島), 용출도(龍出島)), 오도(모개섬)

목포산정
농공단지

천주교
청계묘원

연산주공3단지
아파트

현대아파트

연산동
행정복지센터

목포연산
초등학교

신안아파트

신안비치팰레스
1차아파트

전남중앙병원

연산동

산정
행정복

노을공원

신안비치
1차아파트

라인아파트

신안비치3차
아파트

항동

산정동

목포항

청해아파트

한성타워맨션

목포산정대광
로재비앙아파트

중앙하이츠
아파트

목포시보건소

중원아파트

목포서부
초등학교

오션
스테이호텔

목포홍일
고등학교

서울병원

목포대성LH
천년나무아파트

대성동

죽교파출소

죽교동
행정복지센터

목포대성
초등학교

대성동
행정복지센터

목포해상
케이블카

동

목포해인
여자고등학교

목포영동
우체국

어민동산

목포북교
초등학교

목포정명여자
고등학교

목포중앙
초등학교

유달산
조각공원

중앙식료시장

목원동

목포세무서

목포해양
대학교

달성공원

목원동
행정복지센터

목포

유달산
(229.6m)

목포사사
달성사

권

육단이길

목포차안
다니는거리

유달해수욕장

목포해상
케이블카

노적봉
(54.9m)

목포

만

kakao

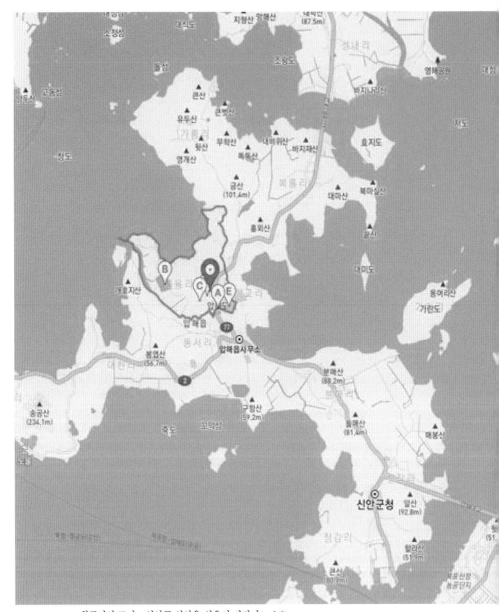

최금녀의 묘지 : 신안군 신안읍 신용리 바닷가(B지점)

구도(龜島:구례도), 용출도(龍出島), 오도(모개섬)

구도龜島를 아는가

제1부
新安으로 가는 길

구도龜島를 아는가

제1부
新安으로 가는 길

정현 지음

개미

　항일가족의 어머니, 친일의 아
버지와 백부. 속죄의 대가로 받은
5천 석은 초등학교 3년 유·소년
기, 청·장년기에 이르기까지 생
을 관통한 화두였다. 그리하여 천
형(天刑)의 소설가로 등단, 30년
동안 사무쳤던 『구도를 아는가』
1·2를 세상에 내놓았다. 이는
아내가 있어 가능했다.

2022년 4월
정현

　가족들조차 아무도 거들떠보지 않은 엄마의 일기장들, 고통에
저린 엄마의 한 묶음 일기장을 금빛 보자기에 쌌다.

　"한평생 사는 것이 참으로 괴로웠다. 나는 이렇게 말하고자 한
다. 세상에 태어나지를 마라! 지금 나는 이 글을 쓰려고 하는데,
생각나는 대로 한마디씩 쓴다. 내가 목포에서 삼십 리 떨어진 무
안군 중등포에 과수원을 사가지고 고아 삼십 명과 함께 구례섬
에서 부랑아들의 보금자리를 잡고 성심껏 살려고 목적하였
다……"

　썰물 따라 드러나는 갯벌은 이울어가는 노을을 머금고 바다
멀리 그림자를 드리우고 있다.
　"엄마, 북교동 안마당 물탱크 앞에 쭈그리고 있었던 부랑아들
과 유달산 오포대의 사이렌 소리에 나는 엄마를 빼앗겨 낙원을

잃었지만, 엄마의 몸뻬바지와 흰 고무신을 따라다녔던 뒷개와 구례섬, 그리고 용출도의 고난의 사연들은 나와 함께 엄마 따라 신안으로 왔지 않아요."

나는 갯벌만(灣)에 비낀 노을을 바라보며 신안보육원을 떠났다.

구례섬은 돈으로 환산할 수 있는 땅이 아니었다. 개신교도였던 어머니에게 구례섬이란 그들의 예루살렘을 포기할 수 없는 성지와도 같았다. 어떤 희생의 대가를 치루더라도 부모님은 그 구례섬(龜島)을 포기할 수 없었던 속죄의 섬이었다. 아버지에게 있어서 구례섬 산정의 붉은 벽돌집은 박애정신을 실현하는 고아 사업의 정신적인 근거지였고, 어머니에게는 해방 후 죽음으로 구도재생원을 지키면서 면면히 고통으로 점철된 섬이었다.

구도(龜島)를 아는가 ❶

제1부
新安으로 가는 길

차례

꽃망울 눈 뜨는
통의동의
새벽

1918년 3월 초순, 경희루 영추문 뜨락에 산수유 꽃망울이 눈을 뜨는 새벽이었다. 고색창연한 종로구 통의동의 고샅길을 벗어난 그녀는 전차로 경성역에 당도했다. 융희(隆熙)호라는 경부선 완행열차에서 날밤을 새워 부산역에 도착한 그녀는 낯선 부산 중앙동 해변 제1부두에서 관부연락선에 승선했다.

종로구 개신교 중앙교회의 신자인 그녀는 3·1운동을 주도했고 기미독립선언서를 낭독했던 손병희 선생의 장학금으로 1918년 진명학당 5년의 전 과정을 이수 후 중앙교회 성 목사로부터 하와이 유학의 소개장을 받았다.

그녀는 가슴에 간직한 소개장을 확인했다. 상해에 계신다는 아버지와 오라버니를 만날 수 있는 길은 일본 감리교 선교부를 통해 외국 유학을 가는 길뿐이었다. 그녀는 같은 선실에서 동경 유학생을 만났다. 그 학생은 어느 고관의 아들이었다. 그녀는 학생에게 이렇게 말했다.

— 당신은 일본에 합방되어 고통에 시달리는 조선의 백성들을 뒤로하고 왜 일본으로 유학 가는 겁니까.

— 나는 비록 조선인들로부터 지탄받는 고관의 자식이지만 국권을 찾기 위해 젊은이들은 신학문을 배워야 하지 않소. 우리는 지금 일본해협을 건너가고 있소.

— 아니오. 이 배는 지금 대한해협을 지나고 있소.

그녀는 저 시퍼런 현해탄(玄海灘) 바닷길을 일본해협으로 부를 수 없었다.

20대 초반쯤으로 보이는 그는 침착했다. 그녀는 문득 수신사였던 아버지를 떠올렸다. 일본 유학생의 말처럼 명치유신에 의한 개화의 물결로 서양의 문물과 지식을 일본에서 조선으로 전해왔을 수신사의 항로는 거친 파도와 싸운 바닷길이었을 것이다.

관부연락선은 다음날 아침 7시쯤 조선 수탈의 관문인 시모노세키항에 도착했다. 시가지는 목조건물로 즐비하게 늘어섰고, 기모노 대신 양복 차림의 행인들이 활보한다. 옥양목 두루마기에 갓을 쓰고 다니는 종로의 행인들에 비하면 명치유신 탓인지 서양의 문물이 이곳 일본인 생활에 깊이 배어들고 있음을 실감했다.

그녀는 검정 털모자에 검정 머플러를 두르고, 무릎 아래까지 내려오는 검정 코트를 허리에서 잘록하게 매고 검정 가죽 단화를 신고 일본땅을 밟았지만, 지나가는 기모노 차림 여인들의 눈길을 끄는 현해탄 바깥 왜소한 이방인이었다.

시모노세키 개신교 선교부 교회 사무실을 찾아간 그녀는 아일랜드 선교사에게 성 목사의 소개장을 제출했다.

─ 저는 경성 진명학당을 졸업하였습니다. 서구에서 신학문을 공부하여 우리나라 조선의 독립을 돕고 싶습니다.

그는 당돌한 그녀에게 난처한 표정을 지었다.

─ 먼 길 오시느라 고생했습니다. 죄송합니다. 선교본부에서 나오는 장학금은 두 해 동안 기다리셔야 합니다.

─ 어렵게 찾아왔습니다. 다른 길이 없습니까.

─ 길은 있습니다. 이곳 선교부 전도 사업을 도우며 기다리시면 어떨까요?

─ 이곳 일본에서 무작정 기다릴 수 없습니다.

난처한 선교사는 어디론가 전화를 건 후에 그녀를 바라보았다.

─ 미국 선교본부는 아니지만 하와이에도 조선 독립을 위해 일하는 선교부가 있습니다.

─ 좋습니다.

― 그러나 그곳도 한해 동안 기다려야 합니다.

그녀의 마지막 선택마저 무너졌다. 순간 눈앞이 캄캄해지며 어머니와 동생들의 얼굴이 떠올랐다. 하지만 해외에서 공부를 하고 돌아와야만 애국하는 길은 아니다. 자기가 배워온 신학문으로도 농민들을 깨우칠 수 있다면 더 보람 있는 일이 아니겠는가, 하고 그녀는 마음을 고쳐먹었다.

― 말씀하신 뜻에 감사드립니다. 저의 처지는 일이 년을 기다릴 수 없습니다. 우리나라로 돌아가서 농촌의 계몽과 교육에 힘을 쓰겠습니다.

― 미스 최, 한 가지 길은 있어요. 하와이에 거주하는 조선인과 결혼하면 어떨까요?

― 그런 생각을 먹었다면 이곳을 찾아오지 않았을 겁니다. 그러나 호의에 감사드립니다.

그녀가 자리에서 일어나자 선교사는 당황했다.

― 다시 생각해 봅시다. 미스 최는 서양문명을 공부하려고 나를 찾아왔습니다. 하와이에서나 이곳에서나 선교 활동은 서양문명을 흡수하는 한 부분입니다.

― 저에게는 시간이 돈입니다. 조선에는 저를 기다리는 가족이 있습니다. 시간을 낭비할 순 없습니다. 말씀하신 기간이 바뀌게 된다면 성 목사님에게 연락해 주십시오.

선교사는 영특한 그녀를 놓치지 않으려고 성의껏 제안했지만 외려 그녀에게서 무안을 당한 셈이었다.

조선땅에서 미처 느끼지 못했던 그녀의 애국심은 시모노세키 땅을 밟고서 손에 잡힌 듯 확고해졌다. 새삼 농촌계몽운동을 해야겠다는 투지를 다졌다. 이윽고 날밤을 새우고 부산항에 도착한 그녀는 일본 대륙 침략의 길잡이 융희호 완행열차를 타고 경성역으로 다시 돌아왔다.

그녀는 종로구 통의동에서 아버지 최재학과 어머니 김필순 사이에서 2남 2녀 중 첫째 딸로 태어났다. 구한말 마지막 수신사였던 그녀의 아버지는 일찍이 외국을 왕래하여 그녀의 성장과정에 많은 영향을 끼쳤다.

본관이 해주 최씨인 증조부는 장연에서 수신사인 아들 최재학을 따라 조선의 종로 통의동에 터를 잡았던 무렵이었다. 구한말 갑신정변으로 인해 괴한의 습격을 받은 개화파 민영익은 의료 선교사 알랜의 서양의술로 치료받은 것을 계기로, 개신교는 이듬해 사월, 선교사 언더우드와 아펜셀러는 처음으로 조선에 한글판 마가복음을 가지고 왔었다. 그리고 15년 후 경성에도 개신교를 통한 개화의 물결이 밀려오고 있을 무렵이었다. 1899년 2월 11일 경성 종로구 통의동에서 태어났던 그녀는 생후 삼 개월 만에 아버지가 다녔던 개신교 종로 중앙교회의 성 목사에게서 세례를 받았다.

구한말을 마감하는 개화기 경성의 통의동에서 수구세력과 친일세력의 감시를 받으며 성장한 그녀는 조선의 개화에 앞장서는 개신교의 영향은 당연한 일이었다. 그러므로 조선 전래의 인습에 묶인 규수와는 달리 그녀는 개화기 신여성으로 농촌계몽운동에 눈을 떴다.

1909년 그녀가 열 살, 오빠 창화의 나이 스무 살 되던 해였다. 아버지 최재학은 장남 창화와 함께 나라 잃은 통한을 억제하지 못해 상해로 망명했다. 갑자기 한 집안의 가장과 장남을 잃은 그녀의 어머니 김필순은 장녀인 금녀, 차녀 금란, 차남 창룡과 함께 식민지 치하 항일운동가의 집안을 꾸려나가고 있었다. 아버지는 오라버니를 데리고 망명길을 떠났지만 그녀는 한 집안의 가장으로서 가정경제의 기반을 다지는데 눈을 떴다.

1909년 이래 조선에서는 성냥, 석유, 화장품, 모피, 카페트 등 외래수입품을 사용하였고, 일본에서 수입한 옥양목으로 두루마기를 지어 입고 거리를 활보하는 사람들의 모습을 어렵지 않게 볼 수 있었다. 그녀는 수입품 중 가정의 필수품인 성냥을 만들어 팔면 일본 직영제품의 절반 가격으로 팔 수 있다는 계산 아래 성냥을 제조하는데 드는 자료와 공정을 익히기 위해 영등포 일본 직영 성냥공장을 찾아갔다. 공장장은 그녀의 활달한 성품에 끌려 그녀를 생산직 공원으로 채용했다. 퇴근 후에도 성냥의 제조 공정을 익히기에 여념이 없었다.

그녀는 초가을로 접어들면서 통의동 집 행랑방과 광의 벽체를 헐고 넓은 작업 공간을 만들었다. 그 안에 성냥 제조실과 건조실을 갖추었다. 드디어 그녀는 가내 성냥공장을 차렸다. 직원들은 경기도 인근 농촌에서 수월하게 구할 수 있었다. 정말 시간은 돈이었다. 그녀의 성냥공장은 날로 번창하여 수지를 맞았다. 두 동생을 뒷바라지할 수 있었다.

이듬해 사월 남동생 창용은 보성중학교를, 여동생 금란은 진명학당을 졸업했다. 그녀는 진명학당 박은숙 교장의 소개로 경성 재동소학교 교유로 취업했다. 그 학교 생도들은 대부분 구한말 토박이 자녀들이었는데 훈민정음의 초창기 한글인 언문 교육을 가르쳤다.

조선은 1910년 8월 29일 치욕적 한일합방을 체결했고, 을사보호조약으로 인해 외교권을 박탈당한 2년 후였다. 토지조사령에 의해 조선의 모든 산야는 일본의 소유로 돌아갔다. 농촌의 방방곡곡에 파견된 헌병들에 의해 농민들은 농토를 빼앗겨 빈털터리인 채 감시당해왔다. 나라 잃은 백성들은 1919년 3월 1일을 기해 농촌의 촌락, 도시의 길거리와 공원, 학교의 교정 등 사람들이 모이는 곳이면 태극기를 흔드는 함성으로 천지를 뒤덮었다. 1864년 최제우가 주창한 동학의 교리에 의한 농민들의 저항으로 시작했던 민초들의 불길은 드디어 1919년의 3월 1일, 활화산의 용광로처럼 항일의 함성은 조선의 산야에 메아리쳤다.

그녀는 동료, 후배들과 비밀 결사를 조직하여 거사 3일 전부터 모교 진명학당에서 태극기를 만들었다. 통의동의 집 가족들조차 소식을 끊은 그녀는 1919년 3월 1일의 아침을 맞이했다. 정오 무렵 대한독립 만세! 를 외치며 교정으로 쏟아져 나온 어린 학생들은 손에 손을 잡았다. 태극기를 흔드는 물결은 종로 거리를 꽉 메웠다. 일본 헌병의 총칼에 짓눌리어 기를 펴지 못했던 각계각층의 군중들은 대한 독립 만세를 외치며 종로 거리로 합세했다. 진명학당과 이화학당의 소녀들은 선배 언니들을 앞세우고 모두 파고다 공원으로 향했다. 앞서가던 언니들은 출동한 무장 경찰들에 의하여 흩어졌다.

급기야 그녀는 종로경찰서에 연행되었다. 고등계 경찰관은 그녀를 주모자로 지목되는 교사들과 함께 공모자 명단에 올렸다. 하지만 진명학당 박은숙 교장과 중앙교회 성 목사의 신원보증으로 신병 인도의 각서를 써 주고 경찰 구치소에서 풀려나왔다. 그녀는 3·1운동을 계기로 일본 시모노세키에서 결심했던 농촌계몽운동의 욕구가 되살아났다.

미지의
세상을
찾아서

그해 10월, 박은숙 교장을 찾
아간 그녀는 재동소학교 교유를
사퇴하고 농촌계몽운동의 뜻을
밝혔다. 박은숙 교장은 선대가 경북 상주에 살았다는 인연으로
상주심상소학교를 추천했다.

그녀는 일본 경찰의 감시를 받으며 성냥공장을 운영해왔었다.
남동생 창룡은 올해 보성중학교를 졸업 후 전차회사에 취업했
다. 이 회사의 전차는 그녀가 태어난 1899년 서대문에서 청량
리 사이를 처음으로 운행하는 교통수단이 됐다. 그녀는 창용과
금란에게 집안일을 맡기고 상주로 떠날 수 있어 마음이 놓였다.

그녀는 시모노세키 땅을 밟고서 뜻을 세운 대로 또다시 농촌
계몽을 겸한 초중학교 교유 자리의 추천서를 받았다. 그녀는 조
선의 지도를 펼쳤다. 태백의 황지 연못에서 발원한 1,300리 낙

동강은 700리 물길에서 머물다 다시 흐르는 곳. 낙동리는 구한말 전후해서 개혁의 물결을 받은 바가 없는 고루(固陋)한 고을이었다. 그러나 그녀는 왠지 강촌마을에서 농촌계몽운동을 하고 싶었다.

그녀는 박은숙 교장이 추천한 경북 상주소학교를 찾아갔다. 1919년 기미년 만세 사건 이후로 일본은 조선인에 대한 통치를 무력에 의한 방법 대신 문화정책의 수단으로 각 관공서에 조선인을 등용하고 민족 신문인 조선, 동아일보의 창간을 허락하여 주었다. 그리고 신민지화 통치를 위한 친일단체의 설립과 결성에도 협조했다. 그러나 삶의 터전을 수탈당한 백성들은 남부여대 만주와 북간도로 떠나야 했다.

그녀는 개화의 혜택을 받지 못한 경북 내륙의 상주소학교로 부임했다. 당시의 상주는 농산물 집산지로 읍내에서 농촌운동을 하는 일은 문화정책 본래의 뜻을 흐리게 하였다. 식민지 조선에서 학생운동은 제한되어 있으므로 뜻있는 개화기의 학생들은 일본 정부에 의해 조선의 혼을 말살당하는 일이 없도록 농민을 깨우치고 직접 농민과 그들의 자녀들을 가르치는 일에 파고들었다. 그녀는 상주소학교 당국과 협의하여 더 열악한 오지의 농촌 분교를 자원했다. 그러자 학교 당국은 그녀를 낙동분교로 발령했다. 가슴 설레고 두려움으로 가득 찬 그녀는 미지의 세상으로 떠났다.

　　　　　　　　　　　　　　　　　　　구도(龜島)를 아는가❶

낙동강 700리 강촌의 가을 들녘 이곳저곳은 서울에서 내려온 신여성이 자기네들을 가르치려고 상주의 소학교에서 이곳 분교로 온다는 소문이 삽시간에 퍼졌다. 그러나 촌락민은 한 가지 걱정이 생겼다. 그 여선생의 숙소를 어디에 정할 것인가, 낙동면 주민들은 의견이 분분했다. 마침내 이 고을 중견 농부인 정도현 씨 집을 여선생의 숙소로 정한다는 뜻을 모으고 분교 학동인 용근을 통해서 그의 형 도현 씨의 의사를 물었다. 도현 씨는 그녀의 숙소를 자기 집으로 정하는데 흔쾌히 승낙했다.

　그러나 그녀는 분교 부근 촌락민의 집을 숙소로 정하여 학교를 왕래하기로 했다. 강촌 촌락민은 여자 혼자서 농촌을 계몽하고 배움에 굶주린 학동들을 가르치는 그녀의 모습을 예사롭지 않게 바라보았다.

　학동들은 대개가 그들의 머리에 기혼의 상징이었던 상투를 틀어 올리고 있었고 나이도 열 살에서 스물다섯 살까지의 차이가 났다. 이들은 이미 배움의 기회를 놓쳤거나 상주의 향교에서 한학을 익혀온 학동들도 있었다. 이곳 낙동면은 구습들이 새로운 문명과 충돌하는 아주 보수적인 촌락이었다.

　18세 용근 학동은 올해 60세의 어머니 김규선, 31세의 형님 도현 씨, 두 누님들과 함께 살고 있었다. 김규선 씨는 42세 되던 1901년 9월 29일 용근을 낳았다. 집터는 동남쪽으로 화살 시위처럼 휘어진 강둑 위에서 조산(朝山)을 마주보고 있어 여름철 홍수를 비켜 가곤 했다.

용근이 철들기 전 아버지 정봉규는 54세에 타계하였으므로 용근의 형인 도현 씨는 선대의 가난에서 벗어나려고 낙동면 강촌에 소금보급소를 차려 나이 30세에 치부했다. 선영 장곡리 촌락은 낙동강 건너 용근이의 집터를 바라보는 한촌이었다. 장곡리에 사는 선친의 친구 자제로부터 소금 몇 섬을 주고 사 드린 야산의 구릉 아래 선친 정봉규의 음댁을 마련했었다.

도현 씨는 낙동리에 소금집하창고를 만들었다. 전라도 고흥반도의 염전에서 배로 낙동강을 따라 실려 온 소금은 낙동리의 소금집하창고에 쌓아두었다. 소금은 보부상들에 의해 경북의 내륙, 경기, 경성 방면까지 팔려나갔다. 소금집하장과 보부상을 통한 소금사업은 도현 씨의 특출한 이재술(理財術)이었다. 그의 소금 판매 사업은 날로 번창해갔다.

그녀는 분교 교직원을 따라 낙동리 정도현의 집으로 안내되었고 당대에 수천 석을 이루었다는 용근 학동의 형을 상면했다.

— 처음 뵙겠습니다. 이번에 이곳으로 자원하여 온 낙동분교 최금녀 교유입니다.

— 저희 촌락으로서는 큰 영광입니다. 상주소학교 교장 선생님으로부터 최 선생님에 관하여 익히 들었습니다.

— 감사합니다. 제가 이 고장을 자원하여 온 이유는 세상은 날로 발전하는데 이곳은 여전히 고루한 인습으로 인해 세상으로부

터 격리되어 있다는 말을 상주가 고향인 저의 은사님에게 전해
듣고 이 고을에서 농촌계몽을 통한 개화운동과 학동들을 가르치
려고 내려왔습니다. 협조를 부탁드립니다.

— 처자의 몸으로 대단한 결심을 하셨습니다. 제가 힘 닿는 데
까지 도와드리겠습니다.

— 감사합니다. 살아가면서 일인들에서 억울한 일을 당하지
않고 나라를 다시 찾는 힘을 기르기 위한 배움의 길을 트려고 왔
습니다.

— 갸륵한 마음씨입니다. 최 선생님은 올해 나이가 몇이십니
까?

— 올해 스무 살입니다.

도현 씨는 그녀의 명쾌한 언행에 마음을 빼앗겼다. 동생 용근
보다 두 살 위지만 언행은 사내대장부의 그릇을 능가할 것으로
생각했다. 붉은 댕기는 없지만 머리를 올렸다 해서 기혼녀도 아
니다. 당당한 처녀가 어떤 일로 보잘것없는 촌락으로 왔을까. 농
촌계몽운동을 하기에 앞서 식생활에 허덕이는 이곳 농민들을 깨
우치기 위해 마을에 야학을 개설하려고 하다니…… 이제까지
돈을 버는 일밖에 생각해본 적이 없었던 그에게 있어 '개화운
동'은 귀에 설은 말이었다. 그가 보기엔 철부지인 용근은 기혼의
상징인 상투를 틀었지만, 배필이 될 수만 있다면……, 하고 엉
뚱한 생각을 해보았다. 그렇다. 동생에게 신학문의 교육을 받도

록 해야 한다. 전에는 상주향교에서 한학을 익혀 등과를 하였지만 나라 잃은 처지에 출세를 하자면 왜놈과 대등한 신학문을 익혀야 한다고 생각해 왔었다. 그는 명석한 처녀의 언행에서 앞으로 많은 기대와 어떤 희망을 걸었다. 그녀에게 낙동강이 굽어보이는 별채에서 기거하기를 몇 번이나 권유했지만 거절당했다.

그녀는 낙동리 낙동강 언덕의 조그마한 분교에 들어섰다. 첫날 아침 수업시간이다. 먼저 산수는 99법과 나눗셈 그리고 간단한 분수 계산법을 가르쳐 주었다. 그리고 조선의 역사와 열강세력 속 조선을 말했다. 앞으로 조선은 외국 열강의 도움이 있어야만 식민지 지배에서 벗어날 수 있다. 그러므로 먼저 교육의 힘을 바탕으로 일제 치하에서 수탈당하고 있는 농민들의 계몽이 시급함을 역설했다. 천체에 대해서 말했다. 낙동의 밤하늘에 무수히 흩어져 있는 별들과 은하계와 태양계 행성의 운행에 대하여 설명하여 주었다.

낙동리 주민들을 상대로 저녁마다 열리는 낙동분교의 야학에서는 각 지방에서 생산되는 특산물을 지적하고 농민들이 농사를 지을 때 어떻게 하면 더욱 많은 수확을 단위 면적에서 올릴 수 있을까, 농토의 관리는 어떻게 하면 가장 좋을까, 아낙네들이 가사를 할 때 부엌일은 어떻게 하면 능률적으로 할 수 있을까, 집 안 변소의 청결 문제와 기르는 가축들의 전염병을 예방하고 사람에게 많이 유행하는 전염병의 종류와 그 병을 판별하는 방법과 전염병이 발생하면 먼저 신고를 하여 서둘러서 치료를 받아야 이웃에 피해를 안 끼치고 환자들도 살릴 수 있는 이치를 설명했다. 해동 후 흔히 발생하는 역병에 대비하여 보건 교육을 가르쳤다. 가을 추수가 끝난 농한기에는 결혼적령기 처녀들의 결혼 예비반을 만들어 뜨개질과 스웨터 만드는 방법을 가르쳐 주었다. 흔히 입는 저고리와 치마를 개조하여 활동복을 만들어 입게 했다. 그녀는 낙동리 부녀자들의 문맹을 깨우치는 데 힘썼다.

그녀는 하루의 지친 몸을 이끌고 강둑을 지나 집으로 가던 길목에서 낙동강에 잠긴 연분홍 낙조를 바라보고 있었다.

낙동리의 낙조(落照)

두메산골 굽이굽이 흐르러 낙동강 천삼백 리 길

태백의 준령 산허리 굽이돌아 칠백 리 길 낙동리에 이르렀다.

이 봐여, 안 그런 기여. 투박한 인정이 머무는 낙동리 강촌.

흐르다가 쉬어가는 낙동강 칠백 리 나루터

조락하는 산야에 백의농군의 한숨 섞인 웃음이

나라 잃은 백성들 가슴을 무엇으로 채우리까.

낙동강 흐르러 천삼백 리 길

조산으로 지는 해를 향해 두 손을 모읍니다.

그녀는 조선의 항일을 위해 가족을 버리고 망명길을 떠나야만 했던 아빠와 오라버니, 통의동의 가족 생각으로 노스탤지어에 젖었다.

안개 속 낙동리의 새벽을 헤치고 들녘으로 향한 농부들은 저녁달을 등에 업고 집으로 들어왔다. 첫닭이 울자 눈을 뜬 농민들은 소여물을 쒀 주고 새벽밥을 차린 후 들녘에 나가 수확물을 거두곤 산에서 땔감을 짊어지고 집으로 돌아온다. 낮에는 낙동리 강가에서 빨래를 하는 등 한 시각이라도 쉴 틈이 없는 아낙네들의 노동이야말로 자식들에게 삶의 인내와 불굴의 투지를 물려주었던 것이라고 그녀는 생각했다.

그러나 일제 식민지 아래에서 농민들은 노예처럼 일 속에 파묻혀 허우적거릴 뿐 어떤 희망도 찾아볼 수 없었다. 그녀가 낙동분교에서 학동들에게 계몽활동을 하고 있었던 1920년 5월, 만주 화룡현 삼도구 청산리 부근에서 제1연대장 홍범도와 제2연대장 김좌진 그리고 제3연대장 최동진 등으로 결성된 연합부대는 일본군에게 600여 명의 사상자를 입혔다는 상해임시정부의 발표였다. 이 무렵 조선은 일경의 감시는 더욱 강화되고 항일망명가 가족에 대한 감시망은 발악적이었다. 전국 방방곡곡 시골면 단위에도, 낙동면에도 일본 경찰 한 사람에 조선인 형사 서너 명이 부락민들을 감시하는 주재소가 생겼다. 이들은 부락민의

동태와 외부에서 낙동리로 들어온 사람들의 신상을 파악하고 있었다.

낙동분교에도 일본 경찰의 감시가 뻗쳤다. 선생들은 교과 내용을 검열받은 후 학동들을 가르치고 있었다. 그녀는 학과 내용을 사전 검열하는 주재소 일경과의 대립으로 원활한 농촌계몽활동에 부담을 가져왔던 어느 날 아침이었다. 분교장은 주재소에서 보냈다는 붉은 통지서를 보이면서 그녀에게 근심 어린 눈길로 입을 뗐다.

— 최 선생님, 형사 한 분이 학교에 찾아왔습니다. 무슨 까닭으로 이곳 분교에 왔는지 묻습디다.

— 농촌계몽운동도 감시 대상이 됩니까.

— 그렇지만 요즘 농촌을 계몽하려고 외부에서 오신 조선인에게는 어디서나 일경의 감시가 따라다닙니다.

그녀는 번번이 경성의 종로경찰서에서 그녀에게 출두서를 보냈던 일을 떠올렸다. 3·1운동 이래 헌병을 동원한 일본의 강압정책은 외관상 문화정책을 표방하는 유화수단으로 일본 경찰로 바꾸었지만 항일의 감시와 상해 항일망명 가족들의 감시는 더욱 강화되었다.

그녀는 주재소에 출두했다.

두 어깨에 금테두리 견장을 얹은 신임 순사부장은 일본 관서지방 사투리로 사복 차림의 조선인 형사에게 무엇인가 언짢은 말투로 지시를 하고 있었다. 그녀는 제복 순사에게 출두서를 내밀었다.

— 최 선생은 고향이 어딥니까.

— 경성에서 태어나서 경성에서 교육받았습니다.

— 아비 최재학하고 오라비 최창화는 지금 어디 있소.

— 모르겠소.

— 여길 왜 내려왔소.

— 농촌계몽을 위해서요.

— 일본엔 누굴 만나러 갔었소.

— 외국 학문을 배우기 위해 갔었소.

— 그런데?

— 일본에서 2년간 기다려야 한다기에 돌아왔소.

그녀는 사실대로 말했다.

조선인 형사는 그녀를 조사하는 순사에게 귓속말로 소곤거렸다. 담당 순사는 잠시 자리를 비우곤 순사부장에게 귓속말로 주고받은 후 제자리로 돌아왔다.

— 앞으로는 분교에서 학생들만 가르치고 분교나 다른 곳에서 야학을 한다고 부락민을 모아놓고 계몽연설활동은 삼가시오.

담당 순사의 표정이 누그러졌다.

주재소를 나온 그녀는 강둑길을 하염없이 걸었다. 지난해 이 때쯤 낙동분교에 온 지 벌써 한 해가 됐다. 들녘과 산마루에 비킨 저녁노을을 바라보며 불현듯 통의동 가족 생각을 떠올렸다. 이제 이곳에서의 농촌계몽활동을 접고 서울로 올라가서 박은숙 은사와 상의하고, 가족들과도 의논하여 앞으로의 일을 정리하기로 마음 굳혔다.

분교의 낮 수업을 마친 그녀는 오랜만에 용근의 집을 찾았다. 사랑채 도현 씨는 부재중이었다. 안채 토방에 미투리와 아낙의 짚신이 가지런히 놓여있다. 그녀는 인기척을 했다. 용근 학동이 미닫이를 열었다. 뒤이어 용근의 형수가 대청으로 나와 그녀를 반긴다. 시아버지가 돌아가신 지 벌써 3년이 지났지만 예절의 고장인 이곳에서는 아직도 고인을 추모하기 위해 소복을 입고 있었다. 시골 여자로서는 키가 큰 편이었다. 용근 형수님은 그녀를 그의 어머니에게 안내했다. 김규선 씨는 가끔 그녀를 초대하여 저녁을 함께하곤 했었다. 불가에 귀의하여 시주하기를 인색하지 않았던 그녀는 식구들에게 대하는 언행은 정과 인자함이 넘쳐났다.

— 서울 색시 그래 이 벽촌에서 을매나 고생을 해여.

— 서울에 있었을 적보다 마음은 편합니다. 모든 것을 잊고 학동들을 가르치고 야학에서 모두 무엇이든지 알려고 하는 마을 주민들이 저를 따라주시니 고맙기만 합니다.

— 처자의 몸으로 용하기도 하오. 색시가 이 고을에 온 후로는 모두가 사는 일을 바르고 깨끗이 살려고 하는데 주재소에서는

오라 가라 하고……

주재소의 순사들이 그녀의 하는 일을 탐탁지 않게 생각하고 있음을 들었는지 그만 입을 다물었다.

— 전에는 몰랐던 삶의 고통이 어떤 것인지 이곳 부락민들로부터 인내심을 배웠습니다.

그녀는 얼마 전 김규선에 관해 점촌댁에게서 들었던 말을 떠올렸다.

아들 하나를 잉태하기 위한 일념으로 낙동리 집에서 낙동강 건너 옥관리 대둔사에 이르기까지 엄동설한 하루도 빠지지 않고 찾아가 관음전의 관세음보살님께 불공드리셨다는 김규선 씨는, 자기가 근심스러운 표정을 지으면 관세음보살님도 함께 걱정하는 눈빛으로 감싸주셨고 기쁜 마음으로 우러러보면 은은한 눈가에 미소 지으시며 굽어보셨다고 그때 심경을 말했다. 겨울이면 두껍게 얼어붙은 강가 얼음을 깨고 세수를 하곤 오직 잉태의 원력을 다 바쳤다는 김규선 씨. 그렇듯 지극한 정성으로 나이 40을 지나서 얻은 용근의 나이 17세 되던 지난해 그의 어머니는 논 삼백 석의 문서를 선뜻 대둔사에 시주했다고 한다.

그때 점촌댁은 이미 정해 놓은 민며느리가 있었는데 지금은 선산 촌락에 별거 중이라고 말했다. 기독교의 세례를 받고 자라고 교육받아 왔던 그녀에게는 불교의 시주라든지 자비심이라든지, 심지어 민며느리라든지 하는 말들은 마치 동화 속 썰매를 타고 다니는 산타클로스 같은 먼 나라의 일들로 생각되었다.

김규선 씨는 생각했다. 낙동 근처 선산 촌락에서 별거하고 있는 민며느리와는 달리 지혜로운 서울 색시에게 용근의 일생을 맡긴다면, 하고 엉뚱한 생각을 떠올리며 갸름하고 총명한 그녀의 얼굴을 바라보았다. 그리고 슬그머니 백설기 같은 그녀의 고운 손을 쥐어 보았다.

— 도현 씨에게 여러모로 심려를 끼쳐 죄송합니다. 서울에서도 저희 집으로 순사들이 자주 찾아와서 아버님과 오라버니의 행방에 관하여 자주 묻곤 했습니다.

— 색시는 이 경상도 무지렁이에게 까막눈들을 깨치는 일밖에 없는데 그것도 죄가 되는 세상이라면 이제 서울로 올라가는 일은 백 번 잘한 생각이지 않겠나. 한데 말이오. 내 나이 40 넘어 아들 하나를 더 얻었으나 자기 형님에 비하면 모든 생각하는 일이 절반에도 미치지 못합니다. 내가 하루가 다르게 몸이 쳐져서 무슨 일이 일어나기 전에 결단 내야 하는데…… 큰애의 자식들도 얼마 후면 이곳을 떠나 공부를 시킬 나이가 다가오고. 하지만 용근이 일이 더 걱정이래여.

김규선 씨는 몸을 가다듬으며 밖을 향해 큰소리로 어미 있는냐, 하며 며느리를 불렀다. 며느리가 방으로 들어왔다.

— 네 어머님.

— 저쪽 삼층장 위에서 조그마한 자개함을 내려와여.

김규선 씨는 그것을 선산 민며느리에게 물려주려고 마음먹었었다. 그러나 십 년을 하루도 빠짐없이 지성으로 불공드려 잉태하여 얻은 용근을 촌로(村老)로 썩히지 않으려면 구습에 의한 여느 며느릿감으로 맞이했을 민며느리로서는 턱없이 부족했다. 문중의 뜻을 받들어 돌아가신 용근의 아버지 친구분과 핏덩어리 적에 정혼을 한 처자였다. 미적미적하는 사이 어찌할 수 없어서 용근의 형은 양가와 합의하여 전답을 때어 주고 선산 산촌에 별거시켰다. 그러나 용근이와 민며느리 사이 남녀 관계란 예단하기가 어려웠다. 민며느리의 별거 후 지난 한 해 동안 서울 색시의 존재는 김규선 씨의 가슴을 한없이 설레게 하였다.

김규선 씨는 눈앞에 있는 그녀에게 어떻게 하면 자기 속마음을 보여줄 수 있을까 생각하면서 자개함을 열었다. 연초록 비취반지를 꺼냈다. 큰아들 도현은 몇 해 전 경성을 다녀오면서 사온 어머니의 생신 선물이었다. 촌부(村婦)로서는 난생 처음으로 만져보는 보석 반지였다. 이부자리 뒤편에서 허리를 일으켜 세우는 시어머니의 모습에 며느리는 휘둥그레 한 곳에 시선을 모았다. 그리고 시어머니의 행동을 주시하고 있었다.

— 서울 색시, 내가 아끼던 반지인데 촌부의 손에는 어울리지

않아여. 벽촌에 내려와 그동안 무지한 아이들을 가르친다고 애를 많이 썼는데, 정 표시로 드리니 이냥 아무 생각 말고 받아둬여.

그녀는 시골에서 기껏해야 금반지쯤으로 생각했는데 비취반지라니 뜻밖이었다.

— 어머님, 이 귀한 보석을 제가 받을 자격이 있습니까.

— 뭐라여. 마음이 가는 처자에게 무엇인들 못 주겠소. 어디 좀 끼워봅시다.

김규선 씨는 그녀의 왼손 약지에 비취반지를 밀어 넣었다. 넋을 놓고 바보던 며느리는 옥색 비취 쌍가락지가 왼쪽 약지의 마지막 손마디를 넘어서자 무르춤하였다.

점촌댁은 작년 김규선 씨 회갑 잔치 때에도 선산에 있다는 민며느리는 오지 않았던 일로 미루어 그녀는 이 집안에서 이미 남이 된 처지라고 귀띔했었다. 그때 그녀는 혹여 자신을 며느릿감으로 마음에 두고 있지 않을까, 하고 생각했다. 그러나 얼토당토 않은 지레 짐작이었다. 용근은 그녀의 상대가 될 수 없다. 말과 행동, 그리고 자라온 환경도 다르다. 기혼의 표시인 상투를 틀고 있지 않은가. 더구나 종교도 다르고 두 살이나 나이 차이가 있고, 집안 배경 등 모든 게 그녀와는 맞지 않은 상대다. 그녀는 핏덩어리 때 경성 중앙교회에서 세례를 받았고, 용근은 10년을 불공으로 잉태하여 얻은 자식이 아닌가. 개신교와 불교, 개화와 조선 전래의 전통 사이 대립 같다. 둘 사이에는 공유할 수 있는 구석이 없다. 더구나 그녀는 앞으로 할 일들이 많다. 첫째 내년에는 미국엘 가야겠다. 그녀의 뜻을 마음껏 펴 볼 수 있는 곳은 지금의 신민지 아래서는 불가능하다. 반드시 아버지와 오라버니에게 연락할 수 있는 외국 땅으로 갈 것이다. 이곳은 그녀가 한때 농촌계몽을 위해 내려왔던 일에 불과하다. 그밖에 일들로 그녀는 발목을 잡혀서는 안 된다, 그녀는 다짐했다.

그녀는 왼쪽 약지에 끼어있는 비취반지를 자개함에 다시 넣었다. 김규선 씨는 그녀를 바라보았다.

— 최 선생, 한 가지 부탁이 있는데…… 용근은 자기 형처럼 이 시골에서 농사를 지으며 대를 이을 수는 없지요. 이곳을 떠나 공부를 시킬 작정이오. 우선 왜놈들에게 괄시받지 않으려면 그들보다 더 많이 배우고 세상에서 알아주는 인물이 되어야 하지 않겠소. 최 선생이 경성에 가면 용근이가 신학문을 할 수 있도록 좀 도와 줘어여.

김규선 씨 부탁은 그녀에게는 일찍이 누구에게서 들어 본 적 없는 미궁(迷宮) 앞에 서 있는 두려움이었다. 한때 사제간이었다는 이유만으로 그의 장래까지 책임질 순 없다. 동생 창용은 통의동 집과 가족들을 책임지며 전철회사에 다니고 있으므로 그녀는 미국에서 신학문을 익힐 계획을 세워놓았지 않았던가. 그녀는 대답할 수 없었다. 이곳에서 인연은 오늘로 끝내야 했다.

— 주신 비취반지는 이곳 기념으로 감사히 받겠습니다.

숙소로 가는 그녀의 발걸음은 무거웠다. 그녀는 조금 전에 함께 했던 며느리의 눈동자에서 어떤 이상한 낌새를 읽을 수 있었다. 왜 며느리 앞에서 그것을 건네주었을까. 점촌댁은 그를 도련님 대신 서방님이라고 부르지 않았던가. 한 번도 들어보지도 못했던 민며느리라는 여인은 선산에서 별거 중이라고 하지 않았던가. 왜 따로 별거 중인가. 어려서 남자 집으로 데려와 결혼도 안 시키고 일만 부려먹는 신부 후보라는 그 민며느리라는 여자는 언제까지 홀로 살 것인지. 지방의 풍습은 한번 민며느리로 들어가면 소박을 당했다고 해서 친정으로 돌아갈 수 없었다. 그녀는 일 년 가까이 이 집을 자주 드나들었다. 하지만 선산에 있다는 민며느리를 한 번도 보지 못했다.

낙동강 농로를 따라 걸으며 그녀는 김규선 씨가 며느리 앞에서 소중히 간직했다는 비취반지를 자기 손가락에 끼워주었던 장면을 떠올렸다. 어느새 그녀 숙소로 뚫린 고샅으로 들어섰다.

그때 그녀의 집 사랑채 툇마루에 고개를 숙인 채 앉아 있던 용근 학동이 풀죽은 모습으로 일어섰다.

— 선생님 경성으로 가신다면서요.

— 이곳을 떠나야 할 일이 있습니다. 여기 오기 전에 가기로 했던 외국 유학 때문입니다.

— 저도 경성으로 올라가겠습니다.

그녀는 사립문 밖으로 나왔다.

— 저기 집으로 가는 강둑길로 가요.

추수를 끝낸 들녘에는 볏단들이 여기저기 쌓여 있고 까까머리 논두렁 위로 노을이 지고 있었다. 둘 사이엔 잠시 어색한 침묵이 흘렀다.

— 선생님 존경합니다.

갑자기 그는 엉뚱한 말을 한다.

그러나 그녀는 그의 집으로 가는 길 초입에서 발길을 멎었다.

— 무슨 일이든 하고자 하면 길이 열립니다. 형님에게 안부 전하세요.

그녀는 감리교 신자다. 내가 곧 길이요 질리요 생명이니, 라는 요한복음 14장 1절을 되새겼다.

— 따라갈 수 없습니까.

— 길이 있으면 다시 만날 수 있을 겁니다.

그러나 용근은 생각했다. 가버리면 어떻게 만난다는 말인가. 다시 돌아오겠다는 말인가. 그 길이란 알쏭달쏭 알 수 없었다.

다음날 새벽 그녀는 안개 자욱한 강둑을 지나 상주역에서 경성행 열차를 탔다.

일 년 만에 돌아온 경성의 거리는 옥양목 두루마기 대신 검정색이나 밤색의 두툼한 코드가 유행하고 있었다. 신작로 전찻길의 전차들은 굉음을 토하며 공중에 얽혀있는 전선의 마찰로 인해 번쩍 섬광을 일으키며 사라진다. 전찻길 옆으로는 전에 없었던 승합차가 다니고 간혹 길 한복판을 말이 끄는 달구지 지나가는 모습도 보인다. 그녀는 전차로 종로 2가에서 내렸다. 땅거미 내리는 무렵이었다.

그녀는 고풍 짙은 한옥들이 모인 통의동 고샅길을 눈을 감고 더듬어서도 갈 수 있는 어느 한옥에 이르러 대문을 두드렸다. 몽매간에 보고 싶었던 두 동생, 엄마가 소식도 없이 나타난 그녀를 반긴다. 그녀는 엄마의 목을 휘어감았다. 그리고 금란을 껴안았다. 그녀를 향해 싱글벙글 웃고 있는 창룡의 두 손을 부여잡았다.

― 창룡아, 애썼다.

― 언니, 보고 싶었어. 잘 왔어. 조금 늦었다면 찾아가려고 했어.

― 고맙다. 집엔 별일 없었지?

― 별일 없었어.

한없이 착한 금란과 창용은 웃고 또 웃으며 기뻐했다.

─ 엄마 고마워.

경성전기주식회사에 입사한 창룡은 회사에서 아무 탈 없이 근무하고, 금란은 그녀가 하던 성냥공장을 영등포로 옮겼다고 한다.

─ 모두들 몸 건강히 있어 주어서 고맙다. 엄마, 아빠 소식 들었어?

─ 며칠 전 종로경찰서에서 형사 둘이 찾아와서 이것저것 아버지에 관해서 물었다. 그래 그곳 낙동 인심은 어떻더냐.

김필순 씨는 그녀의 얼굴에서 어떤 소식을 탐색하고 있었다.

─ 서울 사람들에 비하면 성품이 무딘 편이에요. 서로 간에 약속한 일은 잘 지키고 불편한 일은 잘 참아요. 낙동리는 낙동강 칠백 리가 시작되는 곳으로 여러 나룻터에 강변 촌락이 이루어져 있어 농산물이 풍부하고 정이 많은 편이에요.

─ 네 아버지와 경성에 살면서 한 번도 경상도에 가본 일도 없고 그곳 사투리를 들어본 적도 없었다. 한번 그 사투리 좀 들어보자구나.

─ 티미하게 부로 그라지러. 쪼치가서 전빵 다녀와여.

그녀의 짧은 사투리에서 식구들은 낙동이란 곳은 자기네와는 다른 사람들이 사는 어떤 딴 세상을 떠올렸다. 상냥한 경성 말과는 달리 제멋대로 낱말과 접속사를 줄이고 느릿한 말을 사용하는 낙동리 사람들은 얼굴 모습도 자기네들과는 조금 다를 것이라 생각하며 모처럼 온 식구가 소리 높여 웃었다.

— 엄마 제가 없는 동안 집안을 꾸려나가느라 애 많이 쓰셨어
요. 성냥공장 일은 앞으로도 잘될 것 같아요?

— 만들어 놓은 물건이 딸린다. 한데 그 원료를 구하는데 애를
좀 먹는다. 모두 일본에서 들어오는 건데 조선 사람들이 돈을 벌
도록 놔두어야지. 일진회라던가 하는 단체에 가입하면 원료 구
하기가 훨씬 수월하다는 구나.

— 엄마, 그 일진회는 일본 사람들이 하는 일들을 도와주기 위
해서 결성한 친일단체예요.

그녀는 항일에 대한 감정을 억누르곤 말머리를 돌렸다.

— 그런데 엄마 의논할 게 있어요. 제가 가르친 낙동분교 학동
중에 정용근이라는 학동이 있었는데, 어머니와 형님 되시는 분
이 그 학동의 신학문 교육을 위해 이곳 통의동 집에서 통학하기
를 바라고 있어요. 엄마 생각은 어때요?

— 나이는 올해 몇이니?

— 저보다는 두 살 아래예요. 상주향교와 서당에서 한학을 수
학하였을 뿐 신학문을 배울 기회가 없었데요. 한데 그 학동의 아
버지 친구끼리 어려서 민며느리로 정한 색시가 있었는데, 전답
을 때어주고 경북 선산이란 곳에서 혼자 살게 하고 있데요. 참
이상하지요?

— 민며느리라는 말은 처음 듣는구나.

― 엄마, 그 집안 식구 누구도 그 색시에 관해 입을 여는 사람은 없었어요.

― 그 민며느리라는 게 뭔데?

― 그쪽 아낙네에게서 들은 얘긴데, 혼례식도 올리지 않고 남자 집에서 같이 사는 어린 처녀래요. 거기에 홀로 떨어져 살게 하는 일은 그 색시가 소박맞았다는 뜻이래요.

― 이곳에서는 있을 수 없는 일이구나.

― 점촌댁 말로는 그 색시 친정이 너무나 가난해서 그쪽에서 별거하는 조건으로 전답을 떼 주었데요.

― 여자의 일생을 전답만으로 끝날 수 없지 않겠니?

― 엄마, 참 이상하죠. 혼례식을 치르지 않았지만 신랑이 살아 있는 동안 다른 집에 시집도 못 간데요.

― 그 여자는 일생 동안 가슴앓이를 하겠구나.

그녀는 엄마의 마음과 같았다. 남녀 간에 경제력이 없다면 지배를 당한다는 것을 실감했다. 왠지 한동안 할 말을 잃었던 김필순 씨는 딸의 눈치를 살핀 후 다시 입을 열었다.

― 그래. 우리 식구들이야 남정네라고는 창룡밖에 없지 않니. 처녀들이 있는 집에서 다른 남정네가 함께 생활한다는 것은 어쩐지 조심스럽구나.

― 경성에는 일가친척도 없고 이곳 지리도 모르나 봐요.

김필순 씨는 자기 딸은 한 번도 다른 사람들에게서 보호받지 못하고 다른 사람들을 위해서만 살아가야 하는 것일까 생각했다. 어려서부터 아버지 없이 집안일을 도맡아 처리해온 탓이라고 생각했다.

— 언니, 그 낙동 총각, 우리집에서 같이 있으면 좋겠는데요. 그리고 혹시 알아요. 형부가 될지도……

금란은 이 집안에서 오빠 이외에 또 한 사람의 남자가 출입하게 될 것이라는 사춘기 처녀다움으로 조금은 들뜬 기분으로 말했다. 그러나 그녀는 신중한 표정이었다. 정말 그는 민며느리를 타인처럼 무관심한 채 상주향교에 다니면서 지나쳤을까. 선산을 거쳐야 상주에 갈 수 있지 않을까…… 하고 생각이 미쳤다.

— 누나, 저 혼자로는 외로우니까 그 총각하고 같이 있으면 안되나요?

— 너는 머지않아 장가들어야지.

그녀는 창룡에게 엉뚱한 질문을 던졌다.

— 누나 먼저 보낸 후예요.

— 그래, 고맙다. 그렇지만 너희들 시집 장가 보낸 뒤에 하겠다.

참으로 오랜만에 통의동 식구들은 행복한 저녁 한때를 함께했다.

숙명처럼
다가온
인연

1922년 2월 중순쯤이었다. 진명여자고등보통학교 선생으로 자리를 옮긴 그녀는 퇴근 후 금란에게서 한 통의 편지를 받았다. 상주군 낙동면 낙동리 정용근에게서 온 편지였다.

선생님 존체 만강하옵시며 댁내도 두루 편강하옵신지요? 이곳의 형님 내외분 두루 무고합니다. 하오나 달포 전에 저희 모친께서 작고하셨습니다. 임종 시에는 최 선생님 말씀을 하시며 눈을 감으셨습니다. 이제 이곳 낙동 집에는 어머님마저 안 계시니 저의 마음 비길 데 없이 허전합니다. 형님하고 상의하여 경성에 올라가서 신학문을 배우고자 합니다. 소식 듣자 하니 오는 4월 보성전문학교 입학시험이 있다는 말씀을 낙동면 분교 교장 선생

님으로부터 들었습니다. 정식 중학교를 거치지 않았지만 경험
삼아 응시하려고 합니다. 보름 후에 상경하여 뵙겠습니다.

찾아뵙기를 고대하면서 이만 줄이렵니다. 안녕히 계십시오.

정용근 상서 1922년 2월 15일

편지를 펴든 그녀의 손에서 미세한 경련이 일었다. 식구들이
앉아있는 안방 바닥에 편지를 놓아둔 채 그녀는 자기 방으로 갔
다. 한참 책상머리에서 생각에 잠긴 후 안방으로 건너갔다. 그러
나 식구들은 그녀의 침통한 표정하고는 달리 전에 없이 밝아 보
였다.

― 창룡아, 네 생각을 말해보렴.

― 누나, 저는 누님 뜻에 따르겠습니다. 한 해 동안 그 집 사람
들하고 겪어봤으므로 오신다는 형제분의 성격을 잘 아실 테니까
요.

― 어머니 생각은요?

― 한일합방 전에 너희들 아버지는 한학으로 등과 후에도 독
학으로 역관시험에도 등과하지 않았더냐. 용근이란 학생도 사서
삼경은 말할 것도 없고 옛날로 치면 과거 볼 나이 아니냐. 이젠
신학문을 익혀야만 출세를 한다니 우리가 도와주면 아마 너희들
하고는 잘 어울릴 게다.

― 언니, 우리도 다른 집안처럼 뭉치면 안 돼?

― 무슨 뜻이니?

― 항일운동하는 건 아버지와 큰오빠면 됐지 언니까지 하와이 가서 공부하고 꼭 독립운동에 가담해야만 해?

― 누나, 저도 금란 생각하고 같아요. 한 집안 가장을 망명정부에 빼앗겼으면 자손들은 미래의 힘을 길러야 하지 않아요. 저는 비록 중학교밖에 나오지 못했지만 자기 형님이 자수성가해서 동생만은 신학문으로 성공시키겠다고 하니 우리 통의동 집에서 인재 한번 길러봅시다.

창룡은 그의 아버지를 닮아서 외모는 유순해 보이지만 직관적이고 현실에 투철했다. 그녀는 온 식구가 꼼짝없이 자기를 통의동 집에 비끄러매 두려고 한다. 어쩌면 외국 유학의 길은 그녀로부터 멀어져 가고 있음을 어렴풋이 느꼈다.

― 창용아, 중학교를 제대로 안 나오고도 전문학교 응시자격이 있을까?

― 요즘은 공립보다도 사립전문대학 입학이 쉽데요.

― 그러겠지. 공립은 일본인이 세운 학교이기 때문이겠지.

그녀는 식구들의 의견을 통일시켜야겠다고 생각했다.

― 그럼 경상도 낙동리 총각이 통의동 집에서 원하는 전문학교에 입학하도록 응원하는 겁니까?

— 찬성입니다.

— 저도 가족들 뜻에 따르겠습니다.

말로는 그렇지만, 그렇게도 가고 싶었던 하와이의 꿈은 당분
간 접기로 했다. 식구들은 집안의 모든 일을 그녀에게 맡기려는
심산이었다. 기약 없는 조국 독립을 위해 항일투쟁하는 망명가
의 가정들은 지리멸렬되었다. 가족들은 북간도나 중국 등지로
고국을 등졌다. 그러나 상해임시정부의 망명가 가족이 사는 통
의동 집은 늘 순사들의 감시가 뒤따랐지만, 식구들은 그녀를 도
와 한데 뭉쳐 어려운 고비마다 참고 견뎌왔다.

그녀는 진명고등소학교 교유로 자리를 옮겼다. 학생들은 경성
에서 대대로 뿌리를 내리고 살아온 양반의 후손들이었다. 산업
문명이 무엇인지를 모르고 있는 조선의 현실은 족보와 양반의
뿌리가 아직도 모든 것에 우선하고 있다. 양반 후손들의 경제력
은 언제까지 그들의 집안을 지탱할 수 있을지, 그녀는 항일에 앞
서 가정은 경제력이 우선해야 함을 깨달았다.

그녀가 용근 학생에게서 받은 첫인상은 나약한 같은 또래의
경성 학교 학생과는 달랐다. 독립심과 뚝심이 넘쳐나 있었다는
점이었다.

그녀는 용근의 입시 자격을 알아보려고 보성전문학교를 찾았

다. 그 학교는 북악산 아래 성북구 돈암정에 있는 목조건물이었다. 1919년 3·1운동을 주도했던 천도교령인 손병희 선생이 설립한 보성전문학교에는 전문부에 법률학과에 이재학이 있었다. 전문학교 응시 일자는 오는 4월 20일이었다.

그녀는 용근 학동을 따라 처음으로 낙동리 그의 집을 방문했던 늦가을 저녁을 떠올렸다. 그때 그녀는 노을 진 낙동리 강둑을 거닐면서 그에게 장래의 포부를 물었었다. 수탈당하는 농민들을 위해 변호사가 되겠어요 라고 말했다. 옛날이나 지금이나 농촌 출신 소년들은 그들의 조상이 당한 한에 대한 설욕을 목적으로 법을 집행하는 권력의 야망을 품기 마련이었다. 더구나 그곳 경북 상주는 옛 이조 시대부터 권력의 등용문인 과거를 보려고 한양으로 가는 유생들로 줄을 섰던 곳이기도 했다. 그녀는 생각했다. 험악한 산세를 빼놓으면 변변한 전답이 별로 없었으므로 나라의 권력을 탐했음이 분명했고 용근의 야망 또한 예외는 아니라고 그녀는 생각했다.

1922년 사월이었다. 1905년 을사보호조약으로 수탈당한 조선의 산야에도 어김없이 봄은 찾아오고 창덕궁의 비원에도 벚꽃이 하늘을 덮고 있었다. 경성의 거리에는 하루가 다르게 새롭고 산뜻한 점포들이 들어서고, 전차가 지나는 남대문 대로에는 양복 입은 신사들로 붐볐다. 명동성당에서 진고개에 이르는 길가

구도(龜島)를 아는가❶

에는 일본인 상점들이 즐비하게 늘어서 있었다. 황금색 장신구들은 쇼윈도 불빛을 머금고 행인들을 유혹하지만, 너무 춥고 배고픈 조선인들에게는 먼 나라의 일 같기만 했다.

그녀는 종로 거리로 갔다. 처음 보는 백화점 건물이 하늘 높이 올라가고 있다. 일본 유학에서 돌아온 B라는 사업가는 선대로부터 물려받은 재산으로 조선에서 제일 큰 화신백화점을 건축하는 중이었다. 새 학기 들어 소학교에서는 조선어를 가르치는 것을 금했고 학교 선생들도 일본어 특별 교육을 받아야 했다. 식민지 아래서 조선 민족의 혼인 글자와 말은 제자리를 잃고 일본의 문화정책이 서서히 밀물처럼 조선으로 밀려들었다.

그녀는 용근의 편지를 받고 보름이 지난 저녁 무렵이었다. 오랜만에 외출에서 집으로 돌아오는 그녀는 통의동 대문 앞에서 낙동의 두 형제와 갑작스레 맞닥뜨렸다. 두 사람은 시골의 옥양목 두루마기 대신 검정 양복 천으로 지은 두루마기를 입고 있었다.

— 어서 오십시오. 먼 길 오시는 데 고생 많았습니다.

— 최 선생님 오랜만에 뵙게 되어 반갑습니다.

— 어머님께서 작고하셨다는 편지를 받고 애석하였습니다. 무척 상심하셨겠습니다.

용근은 그의 형님 뒤에서 목례로 대답했다. 갑자기 손님들이 왔다는 말을 듣고 안방에서 어머니 김필순 씨가 마당으로 내려왔다.

— 제 어머님이십니다.

— 뵙게 되어 반갑습니다. 초면에 염치없이 찾아왔습니다. 용
서하십시오.

— 제 큰애한테서 어르신 말씀 들었습니다.

그녀의 동생들은 자기네 방의 미닫이 틈새로 밖을 내다보았
다.

양복 천으로 지은 두루마기와 중절모를 쓴 용근의 형은 마른
얼굴에 예민한 인상이었다. 형의 뒤에서 밝은 표정의 동생 용근
은 후덕한 인상으로 이목구비가 준수해 보였다. 알맞은 키에 검
정색 두루마기가 잘 어울렸다. 앞마당 건넛방 미닫이 틈새에서
숨을 죽이며 두 형제의 모습을 훔쳐보고 있는 오누이는 이미 한
식구가 된 것처럼 마음이 편안해졌다. 그녀의 어머니는 두 형제
를 사랑채로 모셨다.

— 유서 깊은 통의동에 살고 계시니 부럽습니다. 저는 장사 관
계로 해마다 몇 번은 올라오는데 그때마다 경성의 집과 길들이
달라졌습니다.

— 최 선생님으로부터 많은 가르침을 받은 정용근입니다. 앞
으로도 잘 부탁드립니다.

— 제 큰애가 낙동서 너무나 신세를 많이 졌습니다. 감사드립
니다. 과년한 처녀가 시집은 가지 않고 상해에 계시는 아버지와

오라버니 걱정만 합니다. 차라리 사내로 태어났더라면 좋았지 않았나 생각합니다.

— 저는 이렇게 생각합니다. 이 땅에 남아 있는 백성들은 신학문을 후대에 많이 가르치고 목숨을 보전하여 경제력을 길러 훗날을 기약해야 한다고 생각합니다.

그녀는 도현 씨의 현실적인 생각에 공감했다. 잠시 자리를 뜬 그녀는 동생 창룡, 여동생 금란과 함께 들어와 도현 씨에게 소개시켰다. 이어 그녀의 어머니가 밖으로 나왔다. 부엌에서는 저녁 준비에 부산했다. 이윽고 김필순 씨는 사랑채에 낙동의 형제분을 위한 경성의 밥상을 떡 벌어지게 차려놓았다.

— 이곳 음식은 좀 싱거울 겁니다. 서방님은 어떻습니까.

김필순 씨는 갑자기 용근 학생을 서방님이라고 불렀다.

— 이 불고기 반찬은 제 입맛에 딱 맞습니다.

용근은 경성의 불고기를 처음으로 맛보았다.

밥상을 물린 후였다. 그녀는 지난번 진명학당 박은숙 교장 댁에서 배웠던 카스텔라를 만들어 네모나게 잘라서 흰 바탕에 노란 국화가 그려진 널찍한 접시에 담아 내놓았다. 용근에게는 처음 맛본 후식이었다. 후일 낙동의 두 형제는 가끔 통의동의 불고기와 카스텔라 맛을 떠올리며 말하곤 했다.

그녀는 보성전문학교 입학 구비서류 목록을 도현 씨에게 건넸다. 동생 용근을 통의동 집에 두고 낙동으로 내려간 도현 씨는 호적초본, 낙동분교 초등학교 졸업증명서, 성적증명서를 우편으로 보내왔다. 보성전문학교 원무과를 찾아 간 그녀는 보성중학교 고등부를 졸업하면 보성전문학교 입시 자격을 받을 수 있다는 사실을 알았다. 그러나 그녀는 1906년 5월에 설립한 중동중학교에서는 연장자를 위한 특별반을 이수하면 보성전문학교 입학자격을 받을 수 있다는 사실도 알았다. 우여곡절 끝에 중동중학교 고등부 입학 허가를 받았다. 동생으로부터 입학 허가를 전해 들은 도현 씨는 다음과 같은 편지를 그녀에게 보냈다.

저는 이제 최 선생님 노력에 대하여 무엇으로 보답해야 할지 모르겠습니다. 앞으로 동생의 장래에 대하여 모든 것을 최 선생님에게 맡길 수 있어 마음 든든합니다. 감사드립니다. 염치없는 말씀이오나 동생이 공부하게 될 2년간을 전적으로 최 선생님에게 맡기겠습니다. 다시 감사드립니다.

낙동면 정도현 드림

통의동 집 분위기는 낙동리에서 온 온순하고 과묵한 시골 청년의 존재 때문인지 미래의 희망으로 가득 찬 듯 전에 없이 밝아 보였다.

4월 말부터 중동중학교 고등부의 수업이 시작되었다. 학교에서 도서관으로, 그는 황소 같은 뚝심으로 학교 공부에만 열중했다. 밤을 새우는 일이 습관처럼 되었다. 그리고 한 해가 지났다. 그는 그녀의 도움이 필요로 하지 않을 만큼 용의주도해졌다. 1923년 사월이었다. 금란은 시댁이 뚝섬 쪽인 경성 출신 신랑과 결혼했다. 경성상업학교를 졸업한 신랑은 조선식산은행에 취업했다.

집안의 생계 구실을 톡톡히 해 온 영등포 성냥공장은 금란과 함께 공장을 꾸려온 외가의 아저씨에게 물려주었다. 학업성적이 우수한 용근은 담임의 관심을 끌었다. 담임은 용근에게 일본인의 인재 양성을 위해 일제가 설립한 경성제국대학 법학부에 응시하도록 권유했지만 그의 생각은 달랐다. 그 학교는 6년 과정이므로 그에게는 맞지 않다고 판단했다. 어쨌든 고등문관시험에 합격만 하면 법조인으로 등용될 기회가 생긴다는 사실에 제국대학 입학 권유를 사양했다.

그녀의 동생 창룡은 전차 차장으로 승진했다. 그 시절에 전차 차장은 선망의 직업이었다. 창룡의 혼사가 오고 가는 색시 집안의 가세는 유족하지 않은 편이었지만 그녀의 집안과 같이 개화한 집안에서 성장했고 중학 초등부를 나온 장녀로 전형적인 서울 토박이였다. 그녀는 어머니와 함께 그 색시의 선을 봤다. 이마는 넓고 키는 작은 편이었지만 온후한 성격을 풍기고 있었다. 선대로부터 내려온 독실한 기독교 집안이었다. 그 처녀의 집안 식구들은 그녀의 외사촌인 최거덕 목사가 운영하는 정동 덕수교회의 신자였다.

1923년 9월로 접어들자 경성의 도하 신문에는 일본 동경지방의 대지진으로 인해 그 피해액은 일화 55억 앤에 달했고, 조선인 6,661명은 억울한 주검을 당했다는 보도였다. 이상한 일이었다. 일본 경찰들은 자국에서 지진 등 재난이 일어나면 재일조선인을 재해의 가해자로 지목하여 살육을 감행했었다.

창룡은 1923년 11월 20일 종로 중앙교회에서 결혼식을 올렸다. 정동 덕수교회 최거덕 아저씨가 아버지의 대역을 했다. 그의 살림집은 직장이 있는 청량리 쪽으로 정했다. 마침내 두 식구가 빠져나간 통의동 집은 절간처럼 적요해졌다. 김필순 씨는 마치 맏딸인 그녀에게 얹혀사는 용근의 장모 같은 기분이 들었다.

보성전문학교 입학시험도 불과 몇 개월밖에 남지 않았다. 그녀는 학교에서 돌아오면 용근의 밤참을 마련하곤 했는데, 형이 보내온 꿀맛 같은 낙동리 홍시를 좋아했다. 동생들과 함께 모여 살았던 통의동 집의 분위기 탓이었는지 그녀와 용근 둘만의 집 분위기는 누나와 동생 같은 평탄한 감정이었다. 그러나 셋뿐인 집안에서 과년한 처녀가 남자 홀로 기거하는 방을 자주 출입하는 일은 아무리 제자와 선생 사이였지만 남녀 간의 일이란 참으로 오묘했다. 본능을 가로막는 체면의 커튼이 걷히면 잠재했던 욕구는 새벽잠에서 깨어나듯 눈을 뜨고 속박에서 해방이 되어 버린다. 드디어 감성은 본능을 불러일으키고 달리는 말의 고삐를 제어하지 못한다. 본능의 불쏘시개에 성냥을 그어 댄다. 두 이성은 모닥불처럼 훨훨 타오르기 시작했다.

그날 밤이었다. 청량리 창룡 집에 다녀오겠다던 그녀의 어머니는 자정이 지나도록 돌아오지 않았다. 전차의 꿩음 소리도 끊겼다. 용근의 사랑채 방으로 들어간 그녀는 밤참을 방바닥에 놓고 일어서려는 순간이었다. 느닷없이 그의 손은 그녀의 팔을 끌어당겼다.

— 선생님, 얼마나 기다려야 합니까. 이제 우리 차례 아닙니까.

그녀는 우직한 그의 손을 뿌리쳤다.

— 중요한 시험을 앞두고 헛된 일에 시간을 빼앗기면 패배자가 됩니다.

그러나 그는 막무가내였다.

— 선생님, 제 시험보다 우리 처지가 더 중요합니다. 올해 안 되면 내년이 있고요.

그는 작심한 듯 그녀를 또다시 끌어안았다. 낙동을 떠나기 전 노을 진 낙동리 강둑의 산책길을, 그의 어머니가 열어 보였던 자개함 속 비취반지를 떠올렸다. 그날 그의 어머니로부터 받았던 연초록빛 비취반지는 그녀가 품었던 미국 유학의 꿈을 잠재운 한 징표로서 용근이란 학동을 처음으로 달리 바라보게 했지만 그러나 용근의 행동을 그대로 받아들일 수 없었다.

그는 그녀에게 반항했다. 그녀 또한 그에게 반항했다. 드디어

제1부 新安으로 가는 길

앉은뱅이책상 위 전등불이 꺼졌다. 엎치락뒤치락 끝에 다시 그녀는 그를 뿌리치고 일어났다. 그렇지만 황소 같은 불뚝심으로 그녀를 번쩍 들어 올려 그의 침실 안으로 끌어들였다.

오랜 세월 억제됐던 순박한 시골 청년은 금단의 사과만을 주장하는 개화기 경성처녀의 이성을 짓밟아버렸다. 아담은 이브를 안고 원시림 안개 속으로 사라졌다.

장곡리 선영에
묻힌
수수께끼

그날 밤 이후 그녀는 그의 사랑 채 출입을 삼가했다. 그녀는 낙동에서 통의동으로 올라온 그를 3년 만에 첫 관문인 보성전문학교 법률과에 입학시켰다.

— 변호사 시험에 합격할 때까지는 어머니가 저 대신 시중듭니다. 사사로운 잡념을 버려야 합니다.

그녀의 냉정한 태도는 외려 그에게 쉼 없이 밭갈이하는 황소처럼 목적을 향해 공부에 몰입하도록 했다.

그의 형 도현은 약속이나 한 듯 성북구 돈암정에 그녀 명의로 한옥 한 채를 마련해 주었다. 형제는 수족과도 같다는 말은 동생에 대한 형의 본심이었다. 그는 동생을 통해 세상을 다 얻은 기분이었다. 만일 제수씨를 만나지 못했다면 동생 또한 상투 튼 채 자기와 같은 처지밖에 더 되겠는가 생각했다.

1924년 4월 25이었다. 그는 그녀의 뒷바라지와 격려로 바라던 보성전문학교 법학과를 졸업했다. 그해 6월에 실시된 조선 변호사 시험에도 합격했다. 비로소 경상북도 상주군 낙동리의 상투 튼 한낱 총각은 법조인으로 발돋움하게 됐다. 오지 낙동리에서는 경사가 났다. 낙동분교는 개교 이래 일대 경사라 했고 정용근의 생가에서는 장곡리 정봉규의 묘소는 명당이었기 때문이었다고 소문이 돌았다. 그러나 도현 씨의 생각은 달랐다. 출가외인의 며느리는 시집의 가운을 결정한다는 조선 전래의 구전을 신념처럼 믿어왔었다. 그는 연약한 여색의 민며느리로는 우직한 동생을 이끌어나갈 수 없다는 것을 예감했을 뿐이었다. 동생에 대한 장차 진로에 고민 중이던 그는 그해 그녀와 첫 대면 후 그녀만이 우직한 동생의 장래를 이끌어나갈 수 있다는 신념을 그녀에게 받았었다. 이심전심 민며느리를 선산으로 별거시킨 어머니 역시 그의 생각과 합치했었다. 민며느리를 받아들여 형의 대물림을 할 수는 없었다. 한편 별거 중인 민며느리 처지에서는 가혹한 형벌이었다.

통의동 가족들에게 발목 잡힌 그녀는 난데없는 용근의 출현으로 미국 유학의 꿈은 멀어졌다. 오직 그의 동생 출세에만 전념하여 온 정도현의 어떤 괴력에 이끌리었다. 드디어 외사촌 최거덕 목사의 손을 잡고 그녀는 낙동의 학동이었던 용근이와 함께 마침내 1925년 12월 24일 종로 중앙교회 예배당 홀에서 혼례식을 올렸다.

그녀의 첫 번째 미지의 섬을 찾아 나섰던 출항은 희망을 실은 한때 회항이었다. 그러나 그와 함께 미지의 섬을 찾아 떠나는 출항은 왠지 희망보다 두려움으로 가득했다.

정도현 씨는 세상을 다 얻은 기분이었다. 생각 같아서는 제수 씨를 업고 장곡리 부모님 묘소에 데려가고 싶었다. 그는 맨 먼저 낙동리 나룻터를 찾아갔다. 소금보급소와 공출미 가마니로 줄을 섰던 나룻터에는 웬일인지 낯익은 일경 앞잡이들은 보이지 않았다. 가을 추수 때와 소금 배가 낙동리의 뱃머리에 와 닿아 소금을 퍼 나를 때면 으레 그들은 도현 씨에게 시비를 걸었고, 주린 배를 움켜잡고 농사 지은 한해의 곡식을 턱없이 할당된 공출미로 수탈하려고 윽박지르던 조선인 형사도, 주재소의 순경들도 이젠 동생이 조선 변호사 고시에 합격했다는 사실을 알았는지 자취를 감추어버렸다. 대개의 조선 변호사 고시 합격자들은 고등문과시험을 거쳐 판사로 임명될 수 있는 길이 열려 있기 때문이었다.

1926년 2월 7일 그녀는 사내아이를 낳았다. 낙동의 용근은 경성의 처녀 금녀와 만나 남아를 낳았으므로 경락(京洛)이라고 이름 지었다. 도현 씨의 집안은 그녀를 정씨 문중 며느리로 맞이하여 가세는 아궁에서 타오르는 불이 밥솥뚜껑을 밀어 올리듯 새어나는 김 소리를 지르고, 안방의 구들장을 골고루 데우듯 가세와 재물은 나날이 늘어났다. 그녀의 시아주버니는 제수씨가 정씨 가문에 들어온 이래 동생은 출세하고 자신은 소금의 무역업이 날로 번창하여 낙동벌에 이어 인근 상주의 옥답을 매입하였다고 그녀에게 전보를 띄웠다. 연이어 또 옥답을 매입했다는 전보를 그녀에게 띄웠다.

그해 10월 중순쯤이었다. 그녀는 시아주버니로부터 한 통의 편지를 받았다. 성묘를 겸해 급히 의논할 일이 있어 낙동으로 내려올 것을 당부한 내용이었다. 그녀는 경락 아범과 함께 만 5년 만에 고향땅을 밟았다. 낙동리 동구 밖에는 시아주버니 내외분, 어려서부터 그를 돌봤던 점촌댁 내외, 일가친척들, 그리고 식솔들의 모습이 보였다. 그는 형수씨의 손을 잡고, 점촌댁, 김 서방은 눈물 콧물을 훌쩍였다. 출가한 그의 둘째 고모는 그녀에게서 경락을 받아 안으며 그녀를 온몸으로 껴안았다. 그녀는 그와 함께 시아주버니가 기거하는 사랑채 윗목에 나란히 섰다.

— 저희들 절 받으십시오.

그는 형님에 대한 한없는 존경심으로, 그녀는 시아주버님을 향한 한없는 신뢰감으로 그간 쌓인 소회를 떠올리며 절을 올렸다.

구도(龜島)를 아는가 ❶

— 제수씨는 우리 가문에 복록을 주셨고 동생을 금의환향시켰습니다. 이 은혜 무엇으로 보답하여 드려야 하겠습니까. 경락 아범도 또한 처가에 많은 누를 끼쳤습니다.

도현 씨는 문갑 열쇠를 열고 네모 난 자개함을 그녀 앞으로 내놓았다.

— 열어보시지요. 그것을 제수씨가 관리를 잘하시어 후일 재산이 늘어나고 조카들이 장성하면 어느 한 사람에게 그 집을 대물림하셔야지요.

그녀는 그것들이 무엇을 의미하는지 짐작이 갔다. 그 자개함 속에는 집문서와 2백 원이 저금된 조선식산은행의 통장이 들어 있었다. 도현 씨는 지난해 가을 상경하였을 때였다. 가회동에 자기 자식들 학업을 위해 한옥 한 채를 장만했다.

— 제수씨 노고로 동생의 일이 잘 풀리니 제 자식들도 모두 경성에서 신학문을 익히고 보성전문학교에 입학시키겠습니다. 이번에는 제 자식들이 숙모님에게 입학수속을 부탁드립니다. 다른 한 가지 일이 남아 있는데, 이번에 집문서를 옮길 적에 가회동으로 이곳 본적을 옮겨야겠습니다. 이번에 올라가실 적에 옮길 이곳의 호적등본을 그 속에 넣어두었으니 종로구청에 가시어 전입을 하시도록 하여주시지요. 마지막으로 알려 드리고 싶은 일은……

시아주버니는 동생을 잠깐 바라보다 잠시 주저하는 모습이었다. 그러는 사이 그녀의 동서가 들어왔다. 그리고 도현 씨는 입을 다물었다. 동서는 안채에 저녁상이 준비됐다고 하면서 밖으로 나간 후였다. 갑자기 분위기가 어색해졌다.

— 열 살 적에 선친이 민며느리로 삼았던 색시인데 어려서 너무 정이 들지 않아 계속 별거를 하다가 돌아가신 어머님의 뜻에 따라 양가 합의하여 선산에 전답을 사 주고 헤어졌습니다. 법적으로 문제 될 일이 없습니다. 호적에 올린 일도 없고요. 도의적으로 위자료를 드리고 모두 정리가 되었습니다. 이 점 제수씨에게 분명히 말씀드리니 후일 오해가 없으시기 바랍니다.

그녀는 남녀 관계를 정확하게 후환 없이 처리하는 시아주버니의 처사에 존경심이 일어났다. 이날 저녁부터 낙동리 집안은 마치 잔치를 치르듯 웃음소리가 끊이지 않았다.

앞을 분간할 수 없을 만큼 안개가 자욱한 낙동리 새벽은 조산 산봉우리에서 태양이 떠오르면 이내 희뿌연 안개를 걷어냈다. 산소에 올릴 몇 가지 음식을 준비한 경락 내외는 논길을 따라 걷다가 나지막한 구릉 아래 펼쳐있는 장곡리 농로를 걸어갔다. 이곳 부락민들은 낙동리의 촌락과는 달리 산자락 아래 나무 밑둥치를 개간하여 일군 밭에서 밭농사를 짓는다. 한발에 보리가 여물 때까지 초근목피로 연명하는 빈농이었다. 그녀는 시아버님 음댁 앞에 음식을 차렸다. 그는 정종을 세 번에 나누어 산소 둘레에 뿌린 후 고개를 숙여 양 팔꿈치를 잔디에 붙이곤 아버지에게 울먹이며 두 번 절을 올렸다. 그러나 그녀는 기독교 가문에서 자란 탓에 예사롭게 한 번 절로 그치려고 했지만 그의 충고로 네 번의 절을 올렸다.

그녀는 시아버님 정봉규의 음택(陰宅) 아래쪽 잔디밭으로 내려갔다. 그들은 시아버님 음택에서와 똑같이 외따로 모신 시어머님 김규선의 음택 앞에 배례하였다.

— 어머님, 어머님께서 주신 비취 쌍가락지 음덕으로 경락 아범은 소원성취하였습니다. 감사드립니다.

한때 스쳐 지나간 촌부의 정이었을 그때 일을 이제 와서 생각하니 그녀의 왼손에 끼워준 비취 쌍가락지의 깊은 뜻을 알 수 있었다.

— 어머님, 저, 용근을 경성 색시와 인연을 맺도록 해주신 어머님께 감사드립니다.

둘이서 어머니의 묘소를 바라보았다. 그는 어머니의 지극하신 정성에 대하여, 그녀는 시어머니의 아들을 위한 염려를 떠올리며 눈시울을 적셨다.

— 아버님 곁에 모시지 않고 왜 두 분을 위아래로 따로 모셨어요?

— 형님이 전하는 말에 따르면 지관들은 선영에 흐르는 지혈에 따라서 이곳으로 어머니를 모셨다더군요.

— 우리들 생각으로는 부부 합장도 하는데 같은 선영에 따로

떨어져 모신 일은 어쩐지 이해할 수 없어요.

그녀는 궁궐의 풍수지리에 관한 책에서 읽었던 내용을 떠올렸다.

— 풍수지리설에 의하면 당대에 발복하면 다른 해를 몰고 온다고 합니다. 부부 중 남편이 먼저 사별한 후 아내의 음택을 남편 옆에 모시지 않고 아래쪽으로 자리를 정하면 당대에는 자식들이 단명하고 장자의 장손이 더욱 단명하답니다. 그러나 자손 중 귀한 자식들이 나올 수 있지만 계속해서 아들 손자를 볼 수 없다는 아주 기이한 풍수 고사를 읽은 적이 있어요.

— 그럼 어찌하면 좋겠소?

— 손이 없는 윤년의 한식 일에 함께 모셔야지요.

— 형님하고 상의해 보겠소. 어머니를 아버님 곁에 이장하는 일은 이치에 맞는 일입니다.

그녀는 법학 공부를 했으므로 아버지의 지맥은 필시 좋은 지맥일 것이므로 어머니를 아버님 곁에 모시는 일은 당연하다는 그의 주장에 공감했다. 그러나 그녀의 의문은 가시지 않았다. 이곳 출신 지관들은 어떤 이유로 남편 정봉규와 부인 김규선의 묘를 따로 모셨던가, 라는 의문은 풀리지 않았다.

그녀가 그에게 말한 풍수지리설의 그림자는 후일 미신처럼 선영을 찾아들었다.

항일운동家의
짓밟힌
자긍심

성북구 돈암정 가로수의 마로니에와 버드나무 잎새들이 더위에 지쳐 숨을 죽이는 중복 무렵이었다. 그녀의 시아주버니는 심각한 모습으로 돈암정 집을 찾아오셨다. 돌을 맞이한 조카 경락을 안아 본 후였다.

― 아우님, 경성대학병원에 다녀온 길이오. 위장에 문제가 생겼는데 우선 치료 후 차도가 없으면 수술을 받아야 한답니다. 그건 그렇고, 아우님 생각에는 어떻습니까. 당장 변호사 개업을 하자면 좀 성급할 것 같아서인데, 우선 관직에 계시다가 연륜을 쌓은 후 그때 개업하셔도 늦지 않으리라고 생각합니다마는 아우님과 제수씨 생각은 어떻습니까?

그는 형님의 '관직'이라는 말에 옆자리의 그녀를 바라보면서 우두망찰했다.

— 아주버님, 무슨 어려운 말씀인신데 그러십니까?

— 제수씨와 상의도 없이 덥석 승낙부터 한 일에 큰 죄를 지었습니다. 그렇지만 제수씨가 원하면 언제든지 그만두셔도 된다는 것을 전제로 하고 말씀드립니다.

— 아주버님, 이제까지 저희 통의동 식구들은 상해 항일운동에 아버지와 오라버니를 빼앗기고 홀로 통의동 집을 지켜왔습니다. 한데 제 앞에 그 이상의 고난이 닥쳐온들 감내할 수가 없겠습니까.

그는 제수씨의 말에 용기백배하여 입을 뗐다.

— 실인즉 일본과 무역을 하는 지면의 인사에게 아우님의 관직을 부탁드렸습니다. 고심 끝에 망설이는 중 총독부에서 경부보로 특채됐다는 통지를 받았습니다. 제수씨와는 사전 상의 없이 혼자서 저질러 놓은 일이라서…… 항일운동을 하시는 사돈 어르신과 사부인 그리고 제수씨에게 큰 죄를 지었습니다. 그동안 고민을 하다가 경부보 연수교육 일자가 촉박하여 이렇게 찾아왔습니다.

그녀의 가슴은 주저하는 시아주머니의 태도에서 어떤 희망을 가지고 낭떠러지 앞에 서 있는 심정이었다. 망설이던 시아주버니의 입을 통해 '경부보'라는 한마디는 동정 없이 그녀를 천 길 낭떠러지 아래로 등 떼밀린 듯 정신이 아찔했다. 눈앞이 아물거리고 현기증이 나더니 정신을 잃었다.

그녀는 견지동의 경성의학전문학교 부속병원 입원실에 누워 있는 자신을 발견했다. 그녀의 혼절은 항일투사 자녀들이 품은 극기의 자존심에 심한 상해를 받는 탓이었다. 일제 치하에서 그녀가 고난의 고비마다 버티며 살아온 자긍심에 큰 흠집을 남겼다. 내가 왜 일제의 앞잡이 경찰관 아내가 되어야 하느냐 말이다. 시아주버니는 하나뿐인 동생에게 친일을 자초하도록 총독부의 특채를 자원한 이유는 무엇 때문이었을까. 소금 무역과 벼의 수매에서 오는 일인과의 불만으로 주재소에 끌려가서 구타를 당한 화풀이 때문에 그의 동생을 친일하도록 도와주는 일은 온당치 않았다. 그녀의 집안은 시아주버니가 주재소에서 당했다는 어떤 수모보다 가혹한 수모와 시련을 가족과 함께 겪어왔다. 그의 출세를 위해 일념으로 도왔던 결과가 이런 것이었던가. 왜 하나뿐인 동생을 친일의 앞잡이로 만들어야 하는가. 일제 치하에서 형님의 재산과 가족들의 생명을 보호하기 위해 우리 둘은 희생양이어야 한다는 말인가.

다음날 그는 정오를 지나 장모를 모시고 그녀의 병실로 찾아갔다. 그는 초췌해진 얼굴로 그녀의 눈치만 살폈다. 그녀는 설움이 복받쳤다. 할 말을 잊은 채 한참 머뭇거리던 그는 비로소 입을 뗐다.

— 여보 죽을죄를 지었소. 어떻게 하면 좋겠소.

그녀는 그러나 고개를 돌린 채 묵묵부답이었다. 침묵만이 사위를 눌렀다. 기다리다 못해 그는 다시 입을 뗐다.

— 내가 당신에게 내 목숨이 다할 때까지 약속하리다. 형님이 살아 계시는 동안만⋯⋯

그는 목이 잠겼다.

— 형님이 살아 계실 동안만 형님의 뜻을 따르겠소. 지난번 형님이 소화가 안 되어 내과 진찰을 받고 렌트겐 사진을 촬영하였는데, 형님은 우리에게 그 소견을 감추고 계셨소. 주치의에게 물었더니 위에 암이 생겼데요. 당신도 느끼셨지만 그 한촌에서 끼니 거르기를 밥 먹듯 노심초사 돈 모으는 데만 생을 받쳤으니⋯⋯ 얼마 사실 날도 남지 않았을 것이오.

그녀는 얼마 전 돈암정 집에서 보았던 시아주버니의 초췌한 모습을 떠올렸다. 늘 깡마르게 보이던 몸 상태를 원래의 체질로 생각했다. 그렇지만 암이라니⋯⋯ 그렇게 애지중지하던 동생에게 일제 치하의 경찰관 제의를 받아들일 수 없다면 형제간의 의리는 산산조각이 날 것이다. 그렇지만 병마와 일제 앞잡이라니. 터무니없는 제안이었다. 그녀의 고민은 깊어만 갔다. 내가 이 일로 해서 그에게 형의 제이를 받아들일 수 없다고 말한다면⋯⋯ 형제는 수족과 같고, 부부는 의복과 같다. 라는 시아주버니의 가훈을 받아드릴 수 없다면⋯⋯ 의복은 낡으면 새것으로 갈아입을 수 있지만 수족은 다시는 갈아 끼울 수 없다. 라는 말은 죽음을 초월한 심각한 뜻을 의미했다.

어쨌든 시아주버니의 제의는 참을 수 없는 가혹한 형벌이다.

나는 아버지와 오라버니를 영원히 찾아볼 수 없을 것이다. 경락을 업고 통의동 집으로 가버릴까. 그리고 옛날처럼 엄마 창룡이와 한데 어우러져 살까. 그녀는 다음날 아침 그에게 알리지 않은 채 병원비를 계산하고 통의동 집으로 갔다. 김필순 씨는 소식도 없이 들이닥친 그녀의 얼굴을 뚫어지도록 바라보았다.

— 얼굴이 말이 아니구나.

— 엄마 저 어떻게 해요.

— 당황해하는 정 서방에게서 네 심정 들었다. 당장 정 서방이 어디로 끌려가는 것도 아니고 나라 없는 백성 모두가 왜놈들과 맞서 싸울 순 없지 않으냐. 정 서방이 약속했다니까 기다리자. 형제는 수족과도 같다 하지 않았니. 그렇다고 팔다리를 잘라버릴 수 없지 않니. 시아주버니의 병에는 백약이 무효란다. 그러게 재물에는 늘 화가 따르기 마련이다. 우리는 네 아버지와 오라버니 보살핌으로 현재까지 무탈하지 않니. 비록 가진 건 없지만······

— 경락은 어디 있어요.

— 금란이가 안고 잠시 저잣거리에 갔다.

— 네 동생 창룡이 말이다. 매부 소식을 듣고 자기 형님 뜻을 거역할 수 없으므로 매부가 약속한 그날까지 죽은 듯이 독한 마

음으로 때를 기다리는 수밖에 없지 않는가 하더라. 이 어미 생각
도 같은 생각이다.

그녀는 고뇌에 찬 몇 날 밤을 지새운 끝에 그의 근무지를 남도
농촌지역으로 정하여 감옥살이하는 심정으로 때를 기다리는 수
밖에 없다고 생각했다.

가회동의
위대한
유산

그는 그녀의 뜻대로 근무지를 전라도 화순경찰서로 신청했다.

그녀는 경락을 안고 그의 첫 부임지 화순경찰서 부근 향청리로 내려온 이래 6남매를 키우며 두문불출 이웃도 모른 채 10년을 지냈다. 아마 항일 가족이 친일의 앞잡이 경부와 산다는 지워지지 않은 자책감 때문이었을 것이다.

1937년 북경에서 터진 중일전쟁 5개월 후였다. 그해 겨울 해질 녘에 그녀는 지급전보를 받았다. 시아주버니가 위독하다는 내용이었다. 발신인은 가회동 경락 아범이었다.

그녀는 경성 돈암정 집을 떠난 후 남도의 산간 오지 화순에서 10년 만에 세상 구경을 하게 되었다. 네 살배기 막내 홍이를 데리고 화순 향청리를 떠나 경성으로 올라왔다. 마치 우물 안 개구리가 넓은 세상 밖으로 나온듯한 촌부의 심정 같았다. 종로구 가회동 시아주버니 집으로 가는 길목의 전찻길에서 홍이는 한쪽 손에 들고 있던 팽이를 떨어뜨렸다. 그때 그녀는 팽이를 집으려고 전찻길로 들어선 홍이의 한쪽 팔을 낚아챘다. 간발의 차였다. 굉음 소리에 이어 전차가 지나갔다. 그녀는 놀란 가슴을 쓸어 내면서 홍이의 손을 잡고 가회동 집 대문 중문을 거쳐 안마당으로 들어섰다.

사랑채에서 검정 뿔테안경을 걸친 의사에 이어 검정 가방을 든 간호부가 나왔다. 뒤이어 그녀는 홍이의 손을 잡고 동서를 따라 사랑채 방으로 들어섰다. 윗목에는 그이가 와 있었다. 그녀 곁에서 홍이는 모자를 눌러쓴 채 누워있는 환자를 멀뚱히 바라보았다. 그녀는 홍이의 모자를 황망히 벗겼다.

— 여보, 잠시 자리를 비켜주시오.

시아주버니는 그녀의 동서를 향해 말했다. 동서는 조용히 밖으로 나갔다.

— 제수씨, 속죄합니다. 사돈댁에 누를 끼쳤습니다. 50년 세월이 어제 같습니다. 아우님에게 약속한 바와 같이 그 관직을 내려놓고, 제수씨는 이제 나라를 위해 하시고 싶으신 일을 하십시오. 우리 집안의 재산 반쪽은 아우님의 몫입니다.

시아주버니는 그녀에게 누런 서류봉투를 건넸다. 철부지 홍이는 무심코 그것을 바라보았다.

— 제수씨, 5천 석이면 아우님과 함께 뜻있는 일을 하실 수 있을 겁니다. 그동안 미처 알리지 못했던 일들을 말하겠습니다. 저는 아우님 장래를 위해 조선인을 돕는 일을 할 수 있는 직책을 총독부에서 아우님에게 맡기도록 재물을 아끼지 않았습니다. 조선인들의 생계와 생명에 관계되는 것으로 총독부 경무총감부 위생과 소속 위생주임을 계속 맡게 해달라고 당부하여 왔습니다. 제가 번 돈은 제 건강을 희생하고서 얻은 재물이지 조선인을 괴롭혀서 얻은 건 절대 아닙니다. 그동안 제수씨의 살림살이가 쪼들린 것은 아우님 봉급을 불쌍한 조선인을 위해 거의 다 쾌척해 왔기 때문이었습니다. 아우님의 부임지 또한 제수씨의 뜻과 부합된 전라도로 택했던 건 경상도를 경계로 하는 전라도에 나병 환자들이 많아서 동생의 뜻이 닿는 곳이었습니다.

시아주버니는 거친 숨을 쉬면서 겨우 말을 이어나갔다. 그녀는 이제까지 듣지 못했던 사실들을 처음이자 마지막으로 시아주버니에게서 들었다. 무거운 침묵만이 방 안의 공기를 짓눌렀다. 그이는 시아주버니 가까이 다가가서 무릎을 꿇었다. 시아주버니의 숨길이 거칠어졌다.

— 시아주버니께서 매월 보내주신 생활비의 뜻을 깊이 새겨 경락 아범이 빈 봉투째 가져온 데 대하여 아범을 한 번도 탓하지 않았습니다. 그동안 감사했습니다.

시아주버니의 손길이 그녀의 손을 더듬었다. 자기 동생의 손을 제수씨의 손등에 포개어 놓았다. 그리고 시아주버니는 막내 홍이를 바라다보았다.

— 막내 아이가 나의 마지막 자리를 지켰듯이 아우님의 곁에는 늘 이 막내가 마지막까지 따라 다니겠구려.

울음을 꺼이꺼이 삼키면서 그이는 시아주버니의 임종을 지켰다. 오직 돈 모으기에만 급급해 왔던 시아주버니는 겨우 나이 오십 살에 생을 마감했다. 그녀는 시아주버니가 하나뿐인 동생을 친자식들보다 더 가슴으로 애지중지해왔다는 사실을 입증하는, 형제는 수족과 같다. 라는 기훈을 운명하실 때 몸소 보여주셨다.

그는 그녀와 형수 가족들과 함께 시아주버니를 낙동면 장곡리 선영에 모셨다.

낙동리 그이의 생가는 점촌댁 내외가 변함없이 지키고 있었다. 경북 상주역에서 전남 화순역에 도착할 때까지 그녀는 화순의 은둔생활을 자책했다. 겉으로는 항일망명 가족이라는 자존심 때문이었지만 일제강점기 하에서 온몸을 바쳐 치부하신 시아주버니의 재산 중 5천 석에 비하면 10년 자책의 세월은 항일에 대한 변명에 지나지 않았고 이론에 지나지 않았다. 조선인을 위한 5천 석의 유산은 그녀의 자책 10년을 상계하고도 남을 위대한 위산의 서막이었다.

은둔의 10년,
화순에서
순천으로

이듬해 3월 초순 새벽이었다. 화순 향청리 집에는 순천농업학교에 다니는 열다섯 살 큰아들 경락, 열네 살 첫째 딸 옥희, 열두 살 둘째 아들 진수, 아홉 살 둘째 딸 진희, 여섯 살 셋째 딸 진금, 다섯 살 막내 아들 홍이 등 여섯 남매들은 아직도 제각기 자기들 방에서 잠들어 있었다.

긴 은둔의 시간이었다. 그녀는 그이와 함께 화순경찰서 부근까지 나왔다.

— 경락 아빠 몸조심하세요. 기도드립니다.

그는 뒤돌아보았다. 마치 싸움터를 향해 출정하는 군인이 아내를 향해 마지막 인사를 나눈 심정으로 그녀를 향해 손을 흔들었다.

— 걱정하지 말아요. 다녀오리다.

향청리 화순경찰서 앞에는 사람들을 태운 세 대의 트럭들이 대기하고 있었다. 그는 첫 번째 트럭 앞에 정차한 무개차에 올랐다. 세 대의 트럭은 무개차를 따라 출발했다. 향청리 경찰서를 출발한 차들은 보성군을 지나 고흥반도에 들어섰다. 고흥군 풍양면을 지나 드디어 도양읍 녹동 선착장에 도착했다. 눈앞 바다 건너에는 솔밭을 이고서 사슴 모양의 섬 하나가 손에 잡힐 듯 그를 향해 다가서 있다. 뒤쪽에서 갑자기 환성이 터졌다. 그리고 트럭에서 내린 백여 명의 사람들은 대기 중인 화물선을 향해 질서 있게 안으로 들어가고 있다. 정복 차림의 그는 마지막으로 화물선으로 들어갔다. 화물선의 사다리가 선수 쪽으로 옮겨진 후였다. 언제 모였는지 선착장에는 손을 흔들고, 수건으로 얼굴을 가리고, 이름을 부르는 사람들로 법석였다.

3월 초순의 해풍은 싸늘했다. 사람들을 태운 화물선은 도양읍 소록도 출장소를 지난 후 나요양원의 자리였던 자혜병원 선착장에서 하선했다. 공원 뜰로 그들을 인솔한 그는 원무과를 거치지 않고 바로 원장실을 찾아가 원장을 만났다.

— 저는 총독부 소속 경무부 위생과 위생주임입니다. 전라도 거리에서 방황하는 나병 환자를 관리하여 왔습니다. 이번 총독부에서 환자들을 이곳으로 수용하여 치료하라는 지시를 받고 110명 환자들을 데리고 왔습니다. 잘 부탁드립니다.

그는 총독부의 나병 환자 처리명령서를 원장에게 제시했다.

40세 중반쯤으로 보이는 일본인 원장은 갑자기 나타난 정복 차림의 경부를 뜨악하게 쳐다보다가 명령서를 들여다보았다.

— 이건 경부께서 데려온 나병 환자들을 우리 자혜병원에 수용하라는 명령서가 아니고 나병 환자에 대한 권한을 총독부의 경찰부 위생과에서 경부인 당신에게 일임한다는 명령서가 아닙니까. 잠시 기다리세요.

원장은 원무과 직원에게 총독부 경찰부 위생과에 연락하도록 긴급 지시하고 초조한 가운데 기다리고 있던 인솔자인 경부에게 다가섰다.

— 이 많은 환자들을 수용할 수 있는 병실은 없습니다. 이 명령서는 나병 환자를 입원시키라는 명령서가 아닙니다.

— 지금 밖에 오신 분 모두가 나병 환자는 아닙니다. 그들 중에는 가족인 음성 환자도 섞여 있습니다. 이미 나병으로 판명된 환자들은 절반에 지나지 않습니다.

— 그렇지만 총독부에서 경부에게 나병 환자에 대한 처리재량권을 주었다고 하지만 병실을 새로 짓기 전에는 입원은 불가능합니다. 다른 곳이나 다른 방법으로 처리함이 어떨지⋯⋯

그때 전화벨 소리가 요란스레 울렸다. 원무과에서 한 직원이 부동자세로 전화를 받은 후 원장실로 들어섰다. 전화 내용을 전해들은 원장은 나병 환자 인솔 경부 앞으로 갔다. 원장은 총독부 경찰부 조회결과 입원명령서를 화순경찰서 위생계에 통보한 사실이 없었다고 말한다. 그는 원장실 전화로 총독부 경찰부에 바로 전화를 넣었다.

— 이번 순천경찰서 위생계로 전근 발령을 받은 화순경찰서 위생계 경부입니다. 총독부의 지시대로 나병 환자를 처리하기 위해 이곳 자혜병원으로 110명의 나병 환자를 데려왔습니다. 병원장은 입원 통고를 받은 사실이 없다 하여 입원을 거절합니다. 이 일을 처리하기 위해서 저의 처리재량권을 행사하도록 원장에게 알려주십시오.

그의 솔직한 문의에 대해 경찰부 상급자는 잠시 후 다시 전화를 하겠다고 말한 후 전화를 끊었다. 그는 초조한 가운데 전화를 기다렸다. 잠시 후 전화 벨이 울렸다. 전화를 받은 원장은 인솔자인 경부에게 전화기를 넘겼다.

— 고맛다와요. 데모 시까다가 나이데스네. 마, 요로시구 다노미마스.

(곤란합니다. 그러나 할 수 없군요. 잘 부탁드립니다.)

원장은 경부와 총독부 경찰부 간부의 통화내용을 들었다. 전화 통화가 끝나자 원장은 그에게 다가섰다.

— 도우시다라 이이데스까?

(어떻게 하면 좋겠소?)

— 총독부 위생과에서는 나병 환자를 수용하라고 명령한 사실은 없었습니다. 다만 재량권을 가진 실무자가 알아서 처리하라

는 뜻이었습니다. 배에 싣고 수장(水葬)도 불사하라는 뜻도 포함되어 있습니다. 그러나 원장이 저의 입장이라면 이 나병 환자들을 그렇게 할 수 있겠습니까? 더구나 나는 조선인의 경부입니다. 병든 환자들을 타의로 죽게 할 수 없지 않습니까?

— 닷데, 도우시다라 이이데스까?

(그럼 어떻게 하면 좋겠습니까?)

— 우선 자혜병원 공원 앞뜰에 천막을 치고 오늘 나병 환자를 수용하고, 가건물을 짓는 겁니다. 그 비용은 저의 3개월분 월급을 몽땅 드리겠습니다. 착수하시기 바랍니다.

— 당신은 일개 총독부 관리에 불과한데, 부임지 순천경찰서에 가는 것도 미루고 어째서 3개월분 월급을 환자용 가건물을 짓는데 희사하겠다는 겁니까.

— 원장님이 내 입장이 되어도 이보다는 더 잘하실 겁니다. 당신은 사람의 생명을 살리는 의사이니까요. 하물며 나는 조선인이 아닙니까. 거기에 조선 사람의 생명과 질병의 예방을 감독하는 위생주임이 아닙니까. 나는 갈 곳 없는 이들 나병 환자를 수장시킬 수 없었습니다. 여러 날을 고민 끝에 이곳을 몇 번 와봤습니다. 내가 몸담았던 화순하고 거리가 가까운 곳을 물색하려고 무던 애를 썼습니다. 그래서 나는 총독부의 지령을 무시하고 독단으로 이들의 생명을 맡길 곳을 찾았던 것입니다.

— 나는 일본 정부의 의사지만 당신 같은 박애주의자는 처음

봤습니다.

— 아닙니다. 조선인의 나병 환자를 위해 봉사하시는 선생께 진심으로 감사드립니다.

— 날씨는 좀 싸늘하지만 우선 텐트로 숙소를 가설하고 수용할 환자들의 가건물을 세워야겠습니다.

— 감사합니다. 텐트로 숙소와 가건물을 새우려면 며칠쯤 걸립니까.

— 바닥을 정지작업하고 침대를 나르고 하는데 적어도 보름은 걸립니다. 경부께서도 협조해주시기 바랍니다.

— 힘닿는 대로 도와드리겠습니다.

그는 약속한 보름 동안 원장 관사 한쪽 방에서 기거했다. 그리고 또다시 그는 그녀에게 알리지도 않고 삼 개월의 월급봉투를 털어서 갚는 것으로 지불보증을 섰다. 환자 베드 등 비품은 뭍에서 실어 나르고 입원실 구색을 갖추었다. 드디어 가건물 입원실이 완성됐다. 그리고 마지막 날 저녁이었다.

— 원장님의 협조와 노고에 깊이 감사드립니다. 상부에 보고하겠습니다. 다시 찾아뵙겠습니다.

— 떠나시는 마당에 실토하겠습니다. 저는 실은 경성의학전문대학교를 나온 조선인입니다. 경부의 박애주의 실천으로 감명받았습니다. 이번 일로 제가 조선인을 위해서 봉사할 수 있는 길을 깨달았습니다.

— 저와 같은 처지의 동지적 우애를 길이 잊지 않을 겁니다. 감사합니다. 어쩐지 원장과 함께 지내는 동안 피는 물보다 진하다는 형제애를 느꼈습니다.

한편 그녀는 10년 동안 여섯 아이들을 낳아 기르던 향청리 마을을 떠날 준비를 마쳤다. 순천 저전동에서 2년째 하숙생활을 하고 있는 경락에게 찾아간 그녀는 온종일 집을 구하러 다닌 끝에 집의 뒤뜰로 옥천의 하천이 동천으로 유입하는 저전동으로 이사 갈 집을 구했다. 단층집 둘레에는 널따란 텃밭이 있어 아이들 키우기에는 안성맞춤인 집이었다.

경락은 이제 그녀를 돕는 일꾼이 됐다. 10년 동안 6명의 아이들과 복닥거리며 살아왔던 향청리 집의 가재도구 등을 화순역에서 순천역으로 탁송했다.

그녀는 화순 향청리 집에서 아이들과 마지막 밤을 보내는 이슥한 밤이었다. 보름 만에 나타난 그이는 당당한 모습으로 집으로 돌아왔다. 그녀는 그의 표정에서 출발 전 며칠 동안 고심했던 일이 이루어졌음을 감지했다.

— 순천으로 바로 갈까 하다가 집으로 들렀소.

— 그분들은?

— 무사히 소록도 자혜병원으로 옮겼소.

— 고생했어요. 시아주버니께서도 선영에서 기뻐하실 겁니다.

— 이사 갈 집은 어떻게 됐소?

— 그동안 경락이와 순천에서 이사 갈 집을 구하고, 집에서 가까운 남초등학교에 진수와 진희 전학 수속을 마쳤고, 가재도구 등은 순천역으로 미리 부쳤어요.

— 혼자서 큰일을 하셨구려. 그럼 내일 아침 기차로 떠납시다.

그녀는 올망졸망 여섯 남매를 데리고 화순역으로 갔다. 십 년 만의 이사였다.

그녀는 경락을 안고 온갖 것 다 뿌리치고 내려왔던 향청리 십 년 은둔생활을 뒤로하고 순천행 열차에 올랐다. 기차는 까만 연기를 토해내면서 보성역, 득량역, 벌교역을 지나고 있다. 얼마만이었던가. 그녀는 홍이를 무릎에 앉히곤 무심히 차창 밖을 내다보는 그에게 눈길을 주었다. 두 사람의 미래는 낯설지 않았다. 이미 예정된 것이었다. 그러나 낙동리 용근이 꿈꾸었던 법조인의 길은 다가올 숙명적인 속죄의 길 앞에서 형체도 없이 사라졌다. 그들은 정오 무렵 마침내 순천역에서 내렸다. 식구들은 처음 보는 버스로 저전동 집 앞에서 내렸다. 두 짝 대문을 들어서자 널따란 텃밭이 보이고 집 뒤로는 옥천 시냇물이 동천 쪽으로 흐르고 있었다.

— 엄마는 앞쪽 텃밭에 꽃나무를 심고 뒤쪽 텃밭에는 야채들

을 심을 작정이다. 애들아 저쪽 텃밭은 야구를 해도 되겠구나.

이사 온 그해는 장마가 졌다. 집 뒤뜰로 옥천 냇물이 범람했다. 심어 놓은 야채들은 흙탕물에 뒤덮이고 돼지와 호박, 가재도구 등속은 범람하는 개천물에 휩쓸려 동천으로 떠내려갔다.

그녀는 순천으로 이사한 그해 7남매 중 막내딸 진숙을 낳았다. 이듬해 어느 봄날이었다. 진숙을 뺀 그녀의 여섯 식구들은 순천의 지리에 밝은 큰아들 경락을 따라 저전동의 위쪽 산(금곡동)에 있는 안력산(安力山)병원으로 갔다. 그곳으로 가면 얼굴이 하얗고 눈이 파란 서양 사람을 볼 수 있다고 한다. 경락은 열다섯 살이었고, 큰딸 옥희는 열네 살, 둘째 아들 진수는 열두 살, 둘째 딸 진희는 열 살, 셋째 딸 진금은 여섯 살, 그리고 막내아들 홍이는 다섯 살이었다. 경락 남매들은 대장을 따라 옥천다리를 지나 순천향교 윗길로 올라갔다. 그들은 이상한 나라의 서양 사람을 보기위한 호기심에 들떴다. 비탈길로 오르는 오른쪽 길가에 몇 채의 알록달록한 집들이 보였다. 그들은 앞서거니 뒤서거니 층계 위에 출입문이 딸린 몇 번째 집을 지나가려는데 층계 위 출입문이 열리고 엽총 든 사내가 나타났다. 금발에 하늘색 눈동자와 백지장 같은 얼굴의 사람이었다. 경락이 큰소리로 외쳤다.

— 모두 저쪽으로 내려가자.

대장의 뒤를 따라 안력산병원 비탈길로 달음박질쳤다. 경락은 도망가다가 엎어진 홍이를 일으켜 세웠다. 홍이의 깨진 무릎을 어루만지곤 업었다.

　— 홍아, 저 병원 아래쪽 집은 병원에서 사람이 죽으면 옮긴 곳이란다.

　홍이는 경락의 등짝에서 머리를 들어 언덕바지 아래 외딴집을 바라보았다.

　— 홍아, 자니? 지게에 죽은 사람이 실려 있다.

　홍이는 겁에 질려 실눈을 하고 지게 쪽을 바라보았다. 가마니에 둘둘 말은 시체 한 구가 실려 있고 그 옆에는 담배를 피고 있는 인부가 보였다. 가족들은 한 사람도 보이지 않았다.

　막내는 그날 일을 그녀에게 말했다.

　— 안력산병원은 미국 선교회에서 세운 병원이란다. 주로 전염병에 걸린 환자를 입원시키는 병원이다. 앞으로 형들을 따라가지 않는 게 좋다.

　다섯 살 난 홍이는 홍수로 인해 뒤뜰 옥천 시냇물이 범람하여 동천으로 떠내려가는 돼지와 가재도구, 안력산병원으로 가는 길에 엽총 든 파란 눈의 선교사, 지게에 실린 시체 가마니의 기억을 안고 엄마의 손을 잡고 목포로 떠났다.

북적이며 살던
유달산 아래
죽교동 집

그녀는 큰아들 경락만 순천에 남겨둔 채 육 남매를 데리고 호남선의 종착지 목포시 죽교동으로 이사를 왔다. 목포시가지를 서북단에 걸쳐 굽어보는 나지막한 바위산, 유달산으로 뚫린 신작로를 따라 오르다 오른쪽으로 꺾인 고샅길로 들어서면 대문으로 통하는 층계들이 나왔다. 중문을 열고 들어가면 좌우 쪽으로 별채가 보이고, 앞마당 위쪽으로는 일자형의 기다란 본체가 나타났다. 오른쪽으로는 순천 저전동의 앞뜰에 버금가는 텃밭이 보였다. 텃밭 아래 사랑채에는 남편과 홍이가 주로 기거했다.

그녀는 순천 저전동의 텃밭에 꽃나무를 심고 갖은 푸성귀들을 심었듯이 식구들의 반찬을 위해 텃밭에서 심은 푸성귀에 된장찌개와 김치뿐인 둥근 밥상에 식구들을 둘러앉혀 밥을 들게 하곤

했다. 그녀는 후일 홍이에게서, "우리 엄마가 끼니마다 주는 된
장찌개 탓에 머리에서 된장 냄새가 났다"라는 죽교동 유년 시
절의 불만을 듣곤 했다.

집 왼쪽으로는 유달산으로 오르는 나지막한 동산이 보였다.
홍이는 가을엔 연을 날렸고 널찍한 집의 텃밭 닭장에는 칠면조
한 쌍을 키우고 있었다. 홍이는 붉으락푸르락 변하는 칠면조의
목덜미 센털을 건드리곤 했다.

그녀의 하루는 너무 짧았다. 순천에 홀로 떨어져 학교를 다니
고 있는 경락을 빼놓은 여섯 남매와 북적거리며 지내는 유달산
아래 죽교동 집의 하루는 아침 해가 떴다 하면 어느새 저녁 땅거
미가 내려앉아 하루해는 노루 꼬리만큼 짧았다. 홍이는 가만히
집에 있지 않았다. 앞동산으로, 유달산으로 또래들과 함께 싸다
니다가 끼니에 맞추어 집으로 돌아오곤 했다.

그녀는 북교초등학교에서 홍이의 입학식을 마치고 남교동 사
거리 불종대를 지나갔다. 무안군청 정문 앞길에서 북교동 한길
로 빠져나온 그녀는 엿 공장 앞에 섰다.

— 홍아, 엿도 사고 엿 만드는 구경을 하자.

그녀는 홍이를 데리고 공장 안으로 들어섰다. 인부들은 대형
솥에서 쌀밥을 찌고 있었다. 한쪽 솥에서는 쌀밥에 엿기름을 넣
고 버무리고 있었다. 옆쪽 공장 문을 열었다. 인부들은 벽에 가
로로 걸린 매끈한 나무틀에 갈색 엿가래를 걸치곤 교대로 잡아

당기고 있었다. 그러기를 몇 번 되풀이 끝에 갈색 엿가래는 뽀얗
게 실타래 모양으로 탈바꿈한다. 인부는 금방 뽑아낸 엿가래를
밀가루에 굴리곤 어린애 팔뚝만한 엿가래를 엿장수 가위로 톡톡
토막 냈다.

— 누나들하고 나누어 먹자.

그녀는 홍의 손을 잡고 유달산으로 뚫린 죽교동으로 가는 중
이었다. 유달산 초입 앞산에서 연 따 먹는 공중전이 벌어졌다.
홍이는 고개를 하늘로 치켜올리고 넋을 놓고 있었다. 가운데 원
형으로 뚫린 네모꼴의 전투용 연은 바람을 타고 공격태세를 취
했다. 또 하나의 무방비 상태인 연은 급전직하하는 전투용 연에
의해 힘없이 연줄이 무너졌다. 그제야 비로소 홍이는 그녀를 바
라보았다.

— 엄마, 나도 저 이긴 연을 만들 수 있어.

검정 모자를 눈썹 아래로 눌러 쓴 홍이는 그녀의 손을 잡고 유
달산이 굽어보이는 골목길 위 층계를 올라갔다.

목포의 간판은 호남의 끝자락에 우뚝 솟은 나지막한 유달산이
다. 노적봉에서 비롯한 돌산은 기껏해야 앙증맞은 228미터의
돌산이다. 목포항으로 유입하는 영산강에, 목포의 북항 뒷개를
가로지르는 신안군 바다를 끼고 손바닥 모양의 목포땅은 노령산
맥의 끝자락이 무안반도의 남단에서 용암으로 용솟음쳐 다도해

로 이어지는 서남단의 땅 끝이다.

목포의 서북단 뒷개는 신안군 압해도를 기점으로 크고 작은 무수한 섬들로 이루어진 다도해를 거느리고 있다.

멀리 또는 가까이서 목포임을 뽐내는 유달산의 죽교동 아랫집에서 홍이는 유년기를 보냈다.

구도(龜島)를 아는가❶

노란 수선화 핀
부랑아들의
집

엄마는 북교초등학교 3학년 봄방학을 맞는 나를 데리고 이사 갈 북교동 183번지 집으로 갔다. 목포 번화가에서 원도심 신작로를 따라가면 오른쪽 길가 지붕에서 기관차 바퀴에서 뿜어대는 증기 같은 하얀 김이 연거푸 새어나오는 엿 공장이 나왔다. 거기서 똑바로 가면 왼편으로 대리석 층계와 대리석 돌담으로 둘러싼 두 짝 파란 대문이 나타났다. 엄마는 나의 손을 잡고 대문 안으로 들어섰다. 펼쳐진 정원 양쪽 화단의 자목련 나뭇가지에서 꽃망울을 터트리고 있었다. 그 뒤로 천리향나무들이 시샘하듯 짙은 꽃내음을 뿜어내고 있었다. 정원 복판을 장식하고 있는 크고 작은 종려나무 화단을 지났다. 나는 한 손으로는 엄마의 손을 잡고 다른 한 손으로는 야구 글러브를 끼고 사철나무와 석류나무를 거쳐 사랑채 연못 앞에

섰다. 노란색 수선화들이 입을 벌리고 있었다.

— 저 사랑채 열두 짝 유리문을 열면 햇볕이 방안으로 쏟아진다. 아버지가 계실 곳이다.

유달산의 천연석 바위로 다듬은 것 같은 장방 꼴의 돌들로 쌓은 돌담 쪽 끝자락에는 쪽문이 보였고 문밖에는 신작로로 뚫린 골목이 보였다. 엄마의 손을 잡고 대문을 열었다. 행랑방을 지나 중문으로 들어섰다. 널찍한 안마당이 드러났다. 오른쪽 광문을 지나자 엄마는 쪽마루가 딸린 외딴방을 가리켰다.

— 네 공부방이다. 오늘부터 너 홀로 세상을 향해 걸어 나갈 준비를 저 방에서 쌓아가야 한다.

그리곤 엄마는 전혀 다른 사람처럼 내 손을 놓았다. 그 순간, 철없이 텃밭의 칠면조 센털을 건드리고, 텃밭 뒤편 호박넝쿨 줄기가 흙담을 타고 길을 만들어 올라간 골목길에서 또래와 구슬치기를 했던 나의 유년기는 마법의 연기처럼 사라졌다. 나는 가슴 뛰는 미지의 정원으로 들어선 듯 번쩍 정신이 났다.

내 방 옆으로는 장방형의 물탱크에 수돗물이 가득 차 있었다. 마치 꼬마들의 풀장 같았다. 물탱크 옆으로는 널찍한 부엌이 딸린 안채의 안방에 잇댄 대청이 펼쳐져 있다. 대청 끝에는 사랑채와 통하는 아담한 건넛방이 보였다. 그 방의 뒷문을 열었다. 그리고 사랑채 오른편으로 이어진 마루문을 열었다. 햇볕이 정원의 미닫이를 통해 방 안으로 쏟아지고 있다.

중문 안쪽 안마당을 마주 보는 사랑채에 딸린 방들은 바깥 채 정원 미닫이와 통하고 있어 결혼한 두 누나를 제외하고 셋째 누나와 여동생이 기거한다. 큰형은 무안군 중등포에서 과수원을 하고 계셨고, 둘째 형은 목포상업학교를 졸업 후 서울의 조선전기주식회사에 다니고 있었다. 그날 이후 나는 사랑채에서 아버지와 함께 지냈다. 그러나 엄마도 아버지도 북교동으로 이사온 후부터 집에 계시는 날은 드물었다. 둘째 누나 진금, 여동생 진숙, 그리고 나만이 큰 집에서 지냈다.

목포경찰서로 전근 온 아버지는 엄마와 약속대로 마침내 경부직을 사직했다.

고흥군 도읍면 녹동 선착장에서 보았던 소록도와 똑같은 위치의 섬을 뒷개(목포의 북항)에서 찾아낸 아버지는 어머니와 함께 불우한 고아들을 데려와서 새로운 삶을 시작하는 구도재생원(龜島再生園)의 터전을 세웠다.

아버지는 용출도에 벽돌 가마굴을 짓고 반죽한 황토를 나무틀에 찍은 후 말린 황토흙벽돌을 가마에 넣곤 붉은색으로 굽은 벽돌을 전마선에 싣고 구례섬으로 갔다. 아버지는 등짐 지개로 산정으로 옮긴 후 인부들과 함께 강당 건립공사를 했다.

목포역 광장과 길거리에서 배회하는 부랑아들을 북교동 집으로 데려온 엄마는 중문 안마당 물탱크 앞에서 부랑아들의 때를 밀고 비누질하고 새 옷으로 갈아입힌 후 주린 배에 먹을 것을 주었다. 나와 똑같이 제모습으로 돌아온 그들은 목포역 구내 벤치에서, 시냇가 다리 아래 움막에서, 유달산 기슭에서 고달픈 삶을 이어온 부랑아들의 그림자는 찾아볼 수 없었다.

북교동 집은 이제 엄마 손에 이끌리어 와 때에 저린 몸을 씻어낸 후에야 구도재생원으로 떠날 채비를 하는 목포 부랑아들의 휴게소가 되었다.

해조음 우는
속죄의 섬
구도(龜島)[1]

나는 어제 아침 만조 시각에 아버지와 함께 뒷개[2]로 갔었다.

목포시가지를 병풍처럼 에워싼 유달산의 서북쪽 끝자락의 갯벌 모퉁이에는 깊이 박힌 여러 나무둥치 위에 주막 한 채가 얹혀 있었다. 아버지가 주모에게 막걸리 한 사발을 시켜 드시고 있었다. 나는 인구 아저씨와 함께 전마선 밑창에 고인 바닷물을 퍼내고 용하는 닻을 올린 후 아버지를 모시러 주막으로 갔다.

간조(干潮)가 시작되기 전 전마선은 구례섬으로 가는 바닷길 절반을 지나야 했다. 인구와 용하 아저씨는 아버지와 나를 태우고 전마선의 선미 좌우 쪽에서 노를 젓기 시작했다. 목포의 새벽은 유달산의 일등바위 멀리 서남단 바다에서 솟아오르는 일출을 배경으로 시작된다. 전마선은 깎아지른 구례섬의 병풍바위 선착장에서 닻을 내렸다. 바위와 자갈이 깔린 언덕길을 따라 산정에 올라선 나는 깊은 숨을 쉬곤 뒤돌아섰다. 해는 벌써 유달산의 노적봉을 지나 목포시가지를 향해 눈부신 햇살을 뿜어내고 있다. 나는 벽돌 건물 강당의 현관 입구에서 걸음을 멈추었다. 부채 너비만큼 여유로운 이파리에 가리어 푸르죽죽한 열매를 달고 있는 무화과나무 서너 그루가 온몸으로 햇살을 받고 있다. 엄마가 계시는 곳이면 무화과나무가 심어있기 마련이었다. 아버지는 건물 강당을 거쳐 서도실(書道室)로 들어가셨다. 건물 안 첫 번째 교실에는 북교동 집의 대청에 있었던 풍금이 놓여있다. 30십여 명 유치반 아이들 책상과 의자들이 가로세로 줄을 지어 풍금을 바라보고 놓여있고, 맞은편 벽체에는 흑판이 설치되어 있다. 복도 건넛방으로 갔다. 유아들 이름표를 달고 있는 사물함 옆에는 침구와 소지품들이 가지런히 놓여있다. 다음 방문을 열었다. 오십 평 규모의 실내 놀이터가 있다. 뛰어놀기를 좋아하는 유치반 아동의 운동을 위해 마련한 유희실이다. 바로 옆방은 아담한 진찰대와 위생재료 등이 비치되어 있다. 일주일에 한 번씩 목포에서 들린다는 순회 진료팀을 위한 의무실이다. 주방과 식당은 산복 아래 기와집에 있다.

나는 홀로 나지막한 산복 오솔길을 따라 용출도가 바라다보이는 바닷가로 뚫린 두 채의 기와집으로 내려갔다. 산골짜기의 물들이 고여 이룬 타원형 물웅덩이를 지나 몇 그루 탱자나무가 늘

어선 두 채 기와집 앞에서 '엄마' 하고 소리 질렀다. 진돗개 죤이 꼬리를 흔들면서 다가왔다. '엄마는' 하고 죤의 머리를 쓰다듬었다. 알았다는 듯 바닷길로 뚫린 모래사장으로 뛰어가는 죤을 뒤쫓아갔다. 6, 7세쯤의 원생들은 보모와 함께 모래사장에서 노래 연습 중이었다. 나는 엄마와 약속이나 한 듯 인구와 용하 아저씨를 따라 전마선을 매어놓은 갯벌가 뱃머리로 갔다. 죤은 그를 멀뚱히 바라본다.

— 죤, 다녀올게.

그러나 죤은 멀어져가는 나를 향해 뱃머리를 지키고 있었다.

구례섬의 갯벌은 용출도로 가는 중간쯤에서 사라졌다. 용출도 뱃머리가 보인다. 깊은 계곡 물살처럼 용출도와 모개섬(오도) 사이 물살은 맴돌면서 쏴아 하는 해조음을 내고 있다.

주≫

1) 사단법인 구도제생원의 구도(구례섬).

2) 썰물 때면 주막 아래 선창에서 구례섬(龜島)으로 뻗친 바닷길 중간 지점까지는 바닷물을 사이에 둔 두 갈래 갯벌의 둔덕이 보였다. 두 둔덕 사이는 마치 운하처럼 물길을 이룬다. 간조 시각인 오후 세 시쯤이면 압해면(구도 선착장)을 떠난 도선 압해호는 갯벌 물길을 따라 뒷개 선착장에서 닻을 내렸다. 1947년의 뒷개는 70년을 지난 후 현대식 북항 선착장으로 탈바꿈 됐다.

엄마와 함께한
잊지 못할 섬
용출도

— 엄마, 오늘 뭘 해?

— 고구마 캐러 간다. 너에게
용출도가 주는 선물이다. 원생들
도 먹고 너도 가져가고. 엄마가 고구마 농사도 한다. 황토에서
자란 고구마라서 밤맛 같다.

— 엄마는 집에 안 가?

— 보모 선생님이 자기 집에서 이틀 후 돌아오거든. 오늘은 아
버지하고 집에 가거라.

전마선은 용출도(龍出島)[3]의 나지막한 섬의 양쪽 산자락을 일
직선으로 잇는 방조제의 한쪽 끝 끄트머리 선착장에 닻을 내렸
다. 나는 방조제 안쪽을 바라다보았다. 바닷물이 빠져나가고 있
다. 은빛 물고기들이 갯벌 위에서 물장구를 친다.

— 엄마, 저 물고기 이름 뭐야?

— 숭어란다. 지금 썰물 때라서 제방 아래쪽 구멍으로 밀물 때 들어와 갯벌 속 먹이를 잡아먹고 바다 쪽으로 떠나려고 하는구나.

나는 제방 안 썰물 따라 갯벌에서 펄떡거리는 숭어 새끼들에 넋을 놓고 있는 동안 엄마는 제방 위쪽 황톳길을 올라가고 있었다.

면장갑을 낀 엄마는 호미를 들고 밭두렁 아래 밭고랑의 풀을 뽑고 고구마순을 걷어냈다.

— 오늘은 집에 가져갈 분량만 캐자구나.

엄마는 밭고랑의 풀을 호미로 걷어내고 둔덕을 뒤덮은 고구마 순들을 잡고 호미로 황토를 파냈다. 고구마 줄기를 뽑아 올리며 호미로 황토 안에서 황토색 고구마를 캐냈다. 흙 속 나무뿌리 같은 여러 갈래 줄기 끝 마디마디에서 아이들 팔뚝만한 고구마가 딸려 나왔다. 나는 엄마에게 호미 하나를 얻어 고구마 이파리와 순을 걷어내고 줄기에 줄줄이 붙어있는 고구마를 캐냈다. 대나무 소쿠리에 담은 생고구마를 개울가로 가져갔다.

구례섬을 마주보는 용출도의 나지막한 산자락 아래에 외딴 기와집 한 채가 보였다. 집 울타리 쪽 밭두렁에는 지난 6월 말쯤 황금색 이삭을 달고 바람에 이리저리 쏠렸던 보리밭은 수확을 마친 이래 잡초만 무성하다. 나는 고구마 마대를 어깨에 둘러멘 인구 아저씨를 따라 용출도 선착장으로 내려갔다. 뒤돌아보니 엄마가 손을 흔들고 있다. 화순 촌락에서 육 남매를 키우던 엄마는 길거리에 버려진 엄마 없는 부랑아들의 엄마로 다시 태어난 듯 목포에 온 이래 나는 다감했던 엄마로부터 멀어져가고 있는 것 같았다.

— 엄마, 다음 공휴일에 또 올게.

— 그래 알았다. 조심해서 가거라.

다른 집의 가족들처럼 한집에서 어울려 사는 다른 엄마들처럼 우리도 북교동 집에서 엄마와 함께 살 수는 없을까 생각하며 땅거미가 내리는 뒷개의 선착장에 오른 나는 아버지를 따라 엄마 없는 북교동 집으로 가는 길은 정말 허전했다.

나는 엄마를 만나려고 주말이면 아버지를 따라 구례섬으로 갔다. 거북이 한 마리가 몸 밖으로 고개를 치켜 올리고 짧은 앞발을 드러내고 있는 모양새의 구례섬 뒷개 쪽 해변으로 내려갔다. 준비해온 낚싯바늘에 미끼로 지렁이를 꿴 후 낚싯줄을 바다에 던졌다. 순간 손끝에서 긴장감이 전해졌다. 하얀 뱃살의 불룩한 복쟁이(복어) 한 마리가 물렸다. 바다에 놔 주었다. 그러기를 한 시간 지났을까 용출도 제방 안에서 보았던 숭어 새끼 두 마리를 낚았다.

그날 밤 나는 아버지와 함께 용출도와 마주보는 구례섬 선착장에서 뒷개로 가는 전마선을 타고 병풍바위를 벗어나려던 참이었다. 바닷가에서 푸른 불덩이가 하늘로 솟아올랐다. 눈길을 돌리는 사이 불덩이는 긴 꼬리를 달고 구례섬 산정으로 사라졌다.

— 아버지, 저 푸른 불이 어디서 나왔어요.

— 바닷가 생선뼈 속에서나 섬의 묘지 등에서 생기는 푸른 불이 밤에 떠돈다. 뼈 속 인(燐)이 한데 모이면 성냥불을 켜듯 푸른 불덩이가 된다.

— 묘지에서 나오는 저 푸른 불덩이가 사람 사는 집에 들어가면 초상이 난다고 해서 섬사람들은 혼불이라고 하지라우.

아버지의 설명을 듣곤 노를 젓는 인구 아저씨가 말했다.

나는 언젠가 구례섬 산정 강당 아래 소나무 길을 따라가다 보았던 뾰족한 돌무덤을 떠올렸다.

주≫
3) 신안군 압해면 장감리 산123 외12. 사유지 면적 : 164,883㎡(549,610평)

해방이다, 해방!
일본 패망의
첫 소식

초등학교 5학년 여름방학 때였다. 나는 큰형을 따라 목포역으로 가는 첫 번째 역인 임성리역에 내렸다. 과수원 아저씨가 대기 중인 달구지로 우리는 플라타너스 황톳길을 따라가다 왼쪽 샛길로 들어섰다. 7월의 햇볕 아래 벼 이삭들은 일제히 숨을 죽이고 있었다. 신기저수지 위로 뚫린 길을 따라 한참 동안 달구지는 비포장도로를 지나 과수원집으로 들어섰다. 우리는 서너 그루의 분홍빛 배롱나무 꽃들이 피어있는 마당에서 내렸다. 형수는 8월이 산월이라고 한다.

나는 퇴비를 한 짐 지게에 진 큰형을 뒤따라 과수원으로 올라갔다. 엄마가 부랑아들을 수용하기 위해 장만했다는 과수원의 배나무마다 머지않아 수확할 배들은 신문지 봉지에 쌓인 채 주렁주렁 매달려 있었다.

큰형은 다재다능하시다. 목수들과 함께 살림집이며 소와 돼지 축사들을 개축하는 일을 한다. 나는 큰형이 하는 목수 일을 도왔다. 과수원의 하루는 쉴 틈이 없었다.

그리고 8월 15일 정오였다. 방금 형수 방으로부터 애 우는 소리가 들렸다. 갑자기 아주머니가 부엌에서 방으로 놋대야를 들고 상기된 표정으로 바삐 움직이고 있다.

— 홍아, 딸이다, 딸. 조카가 나왔다!

큰형의 흥분하는 소리에 뒤이어 어디선가 떨리는 일본어 방송이 들렸다. 그때 빈 지게를 한쪽 어깨에 걸친 인부가 큰소리로 외쳤다.

— 천황이 항복을 했다. 해방이다. 해방!

그 일본어 방송 소리는 북교초등학교 교정에서 아침마다 들렸던 떨리는 목소리였다. 아침 교문을 들어설 때마다 고개를 숙였던 황국신민의 선서탑에서 울리던 목소리였다. 일본이 항복했다고!

나는 조카가 순산했고, 해방이 되었다는 소식을 빨리 전해야겠다는 일념으로 가슴은 한없이 설레었다. 점심도 잊은 채 플라타너스 황톳길을 지나 임성리역으로 가는 철길을 따라 뛰다가 걷다가 했다. 내리꽂히는 햇볕에 달구어진 철길을 피해 자갈길을 따라 걷다가 달리기를 되풀이했다. 유달산이 보였다. 임성리역에서 기차로 무사히 목포역에 도착했다. 텅 빈 북교동 집에는 셋째 누나뿐이었다.

— 누나, 해방됐데! 형수가 딸을 낳았어!

— 해방됐다고! 올케가 딸을 낳았다고! 엄마에게 알려야겠다.

누나는 해방이 된 것도 모른 채 홀로 집만 지키고 있었다.

— 엄마 언제와?

— 오늘 인구 아저씨가 식량을 가지러 온다고 했다.

— 누나는 중등포 안 가?

— 해방둥이 보러 가야지.

— 누나는 외할아버지를 본 적 있어?

— 아니 왜?

— 엄마는 외할아버지 만나러 상해 가려다가 못 갔고 아빠하고 결혼했잖아.

— 엄마가 경상도 안 갔었다면 아빠는 상투 튼 채 하늘 천 따지 하고 계셨겠지.

— 누나, 엄마는 아버지를 경상도 무지렁이라고 하던데 그게 뭐야?

— 화가 나면 그랬잖아. 엄마는 아버지더러 경상도 시골 무지렁이라고. 미련하고 바보 같다는 뜻이겠지. 아버지 땜에 발목 잡혀 하와이에 가지 못했다고…… 하와이에 가야지 상해 소식을 알 수 있었다고 하더라.

— 그럼 해방이 됐으니 외할아버지 만나러 하와이 갈 수 있겠

구도(龜島)를 아는가❶

네.

— 안 가도 되잖아. 해방됐으니 상해에서 우리나라로 오시겠지. 이제 외갓집에도 갈 수 있고 엄마는 좋겠다.

— 누나, 그래서 내가 달려왔잖아. 엄마도 기다리실 거라고.

— 그래. 엄마가 네 말 들으면 좋아하시겠다.

나는 땡볕에 달아오르는 철길을 따라 점심도 잊은 채 달리다 걷다가 중등포를 떠나왔던 까닭을 그제야 알 수 있었다.

다음날 아침이었다. 나는 보고 싶은 엄마를 집에서 만났다.

— 상해로 가신 네 큰외삼촌이 살아계신다면 무슨 기별이 있을 것이다.

그러나 해방이 되고 한 해가 지났지만 외삼촌에게서는 아무 소식이 없었다. 엄마는 화가 난 사람처럼 한시도 집에 있지를 않았다. 구례섬에서 용섬으로, 목포 집에서 중등포로 왕래하면서 늘 집을 비웠다. 해가 질 무렵부터는 그 넓은 집은 깊은 산속 절간 같았다.

구례섬,
무화과나무
앞에서

1945년 9월부터 1948년 8월 15일까지 남한 통치를 위해 존속했던 미군정청 광주 주둔군 길버트 소령 예하의 한 미군장교는 선교회 목사인 C통역관을 대동하고 아버지를 만나러 구례섬으로 찾아왔다. 그러나 엄마와 보모만 산정 강당에서 원아들에게 우리말 수업 중이었다.

─ 이 섬은 일인 소유의 적산이므로 승전국 미군정청이 접수합니다.

뚱딴지 같은 통역관의 말이 떨어지자 미군은 옆구리에 권총을 뽑아 총부리를 엄마의 가슴에 겨누었다.

─ 나는 원장의 처 되는 사람이오. 이 섬은 원장님의 친형으로부터 유산으로 받은 5천 석을 들여 산 세 섬 중 하나요. 일제강점기에 버림받은 고아들을 수용하여 사단법인 구도재생원을 설

립했소. 이 사실이 거짓이면 내 가슴에 총을 쏘세요!

엄마는 미군을 향해 가슴을 풀어헤쳤다.

젊은 여인의 당당한 태도에 질린 미군은 엄마 가슴에 겨누던 권총을 거두었다.

— 아이 엠 쏘리.

그러면서 통역관은 엄마에게 당부했다.

— 모개섬, 구례섬, 용출도 등 세 섬을 일제강점기에 매입했다면 군정청에 등록을 하세요.

그때 엄마 나이 41세였다.

36년 동안 한국은 주권을 상실하였으므로 일제강점기 조선총독부에서 미군정청으로 조선의 산야 등의 통치 및 모든 소유권 이전은 국제법상 미군정청의 법령에 의거함이 합당한 것으로 받아들여졌다.

그러므로 해방 후 주권 없는 남한을 통치하는 미군정 점령기간 중 소속 통역관을 앞세운 적산(敵産) 몰수 행위는 엄마에게 있어 항일에 버금가는 결사항쟁이었다.

구례섬 무화과나무 앞에서 미군정청 장교가 들이대는 권총의 협박에도 불구하고 총부리에 맞서 가슴을 풀어헤쳤던 엄마의 담력은 이후 목포 뒷개를 거쳐 구례섬으로 들어오는 혼란기 적산

몰수를 위한 제2, 제3의 틈입자들에게는 적결사 항쟁의 일화(逸話)로 회자되었다.

불의에 항거하는
반항아의 산실
목포상업학교

나는 엄마의 원에 의해 둘째 형 뒤를 이어 1947년 목포상업 학교에 입학했다. 엄마는 내가 은 행 두취(은행장)가 되는 게 소원이었다. 하지만 뒤에 안 사실이지 만 3·1운동 이후 1929년 11월 목포상업학교에서도 항일항쟁 을 주도했음을 선배들로부터 전해 들었다. 해방 2년째를 맞은 아침 조례 교정에서는 '혁명 투쟁자 선배 앞서고……높이 들어 라 붉은 깃발을……' 하고 오른손을 불끈 쥐고 운동장을 돌곤 했다. 누군가가 작사하고 작곡한 교가였는지 알 수 없었지만 초 급 1,2학년 학생들은 선후배 서열이 엄격했었던 당시로서는 선 창하는 (친탁계열) 대열에서 부르는 가사를 따라 부를 수밖에 없 었다. 2학년이 되고부터 전교생들은 아침마다 학교 강당에 모여 친탁이냐 반탁이냐, 하고 성토대회를 벌였다. 당시 목포상업학교의 분위기는 마치 이념의 성토에 열을 올리는 무슨 회의장 같았다. 특히 반탁학련 소속 간부급들은 왼팔에 완장을 두르곤 위협적으로 한쪽 손을 불끈 쥐고 위아래로 흔들었다.

친탁은 1945년 9월 모스크바 3상회의 신탁통치를 찬성하는 쪽이고, 반탁은 외세에 반대하며 자주독립을 쟁취하자는 쪽이었다. 드디어 반탁은 민족주의로, 친탁은 공산주의로 좌우 양대 세력으로 갈라졌다. 더 발전하여 좌익진영은 친탁으로, 우익진영은 반탁으로 발전했다. 드디어 반탁은 김구 주석을 중심으로 반탁투쟁위원회를 결성하였고 미국에서 귀국한 이승만은 김구와 함께 반탁성명서를 발표했다. 그러나 공설운동장에서는 연일 여운형의 좌익진영 및 온건좌파의 김규식의 친탁 연설이 이어지는 등 어린 학생들은 정치적 소용돌이에 동원되어 학교 공부는 뒷전이었다. 이에 반탁, 친탁 학생 서클들의 교내 충돌이 잦았다. 나의 가슴속에는 늘 의문점이 가시지 않았다. 해방된 조국에서 외세를 배격하여 독립국가를 세우기 위해 반탁운동에 앞장섰던 독립촉성회 김구 선생은 왜 서북청년단원인 현역 육군 소위 안두희의 흉탄에 쓰러졌을까? 똑같이 반탁운동에 앞장섰던 이승만은 왜 김구 주석을 제거시켰을까……? 그것이 의문이었다. 그렇다면 엄마와 연관된 상해임시정부의 독립촉성회는 앞으로 어떻게 될 것인가? 김구 주석은 민족주의적 독립사관에 투철했지만 이승만은 자유주의적 현실주의자였다는 게 사실이었다. 명

목상 독립된 임시정부는 수립됐지만 두 태양 중 하나의 태양은 낮달처럼 퇴색해졌다. 1948년 8월 15일 대한민국 정부는 수립됐지만, 그러나 대한민국의 뿌리는 상해임시정부로부터 시작되었음을 부인할 수 없었다.

목포상업학교는 한일합방에서 일제강점기를 지나 해방된 조국의 격동기에서 불의의 정치체제에 항거하는 반항아의 산실이었다. 그러나 반탁 친탁 대열에 동참하는 학생들을 빼놓은 학생들은 장래를 위해 학생 본연의 학구열에 불타 있었다.

김구 주석
국민장 영결식장의
엄마

목포역 광장의 김구 주석 국민
장 영결식장에서 나는 엄마를 보
았다.

1949년 6월 26일 안두희의 흉탄에 쓰러진 향년 72세의 김구
주석 영결식은 전국 각 지방에서 거행되었다. 목포역 광장의 영
결식 연단 마이크 앞에서 엄마는 김구 주석 서거 애도의 영결사
를 낭독하고 있었다. 나는 엄마가 대한애국부인회 목포지부장을
맡고 있다는 사실을 그때 처음으로 알았다.

그날로부터 오랜 세월이 지난 후 나는 모 경제신문사의 한국
정치사 기사에서 중절모를 쓰고 바바리코트 정장 차림의 안두희
와 카키 와이셔츠 차림의 김창룡 사진에 아래와 같은 설명문을
발견했다.

"백범 김구 암살범 안두희(미국방첩대요원)와 배후 김창룡(관동군 헌병 출신) 특무대장"

김구 선생 영결식 이후부터 나는 엄마의 모습을 보는 날이 점점 잦아들었다. 둘째 형은 고려대에, 셋째 누나는 이화여대에 재학 중이었으므로 나는 늘 외톨박이였다. 같은 반 짝지 박군과 함께 세계문학전집에 탐닉하고 토론을 하였다. 그때 기억에 남은 책으로는 일본판 이와나미 문고판으로, 『죄와 벌』『카라마조프가의 형제들』『부활』『전쟁과 평화』『안나 카레니나』, 막심 고리끼의 『어머니』『가난한 사람들』 등 러시아 문학이 주류였고, 한국어판으로는 이광수의 문장론, 『유정』『무정』『흙』, 이태준의 『구원의 여상』, 스탕달의 『적과 흑』, 괴테의 『젊은 베르테르의 슬픔』, 앙드레 지드의 『좁은 문』, 괴테의 『파우스트』 등이었다. 그중에서도 도스토옙스키의 『죄와 벌』의 심리묘사는 나의 가슴에 큰 울림으로 다가왔고 문학세계로의 인연을 맺어 주었다.

목포상업학교 2학년 5월 말쯤이었다. 담임인 국어 선생님의 인솔 아래 강단 위쪽 동산으로 올라가 시작(詩作) 수업을 들었다. 장발에 키 큰 체구의 담임은 미당 서정주 시인의 「귀촉도」를 소리 높여 읊조렸다.

눈물 아롱아롱

피리 불고 가신 임의 밟으신 길은

진달래 꽃비 오는 서역(西域) 삼만리.

흰 옷깃 여며 여며 가옵신 임의

다시 오진 못하는 파촉(巴蜀) 삼만리.

신이나 삼아 줄 걸, 슬픈 사연의

올올이 아로새긴 육날 메투리.

은장도 푸른 날로 이냥 베어서

부질 없는 이 머리털 엮어 드릴 걸.

초롱에 불빛 지친 밤하늘

구비구비 은핫물 목이 젖은 새.

차마 아니 솟은 가락 눈이 감겨서

제 피에 취한 새가 귀촉도 운다.

그대 하늘 끝 호올로 가신 임아.

　봄이 무르익는 동산에서 목청껏 낭송하는 담임의 '제 피에 취한 새가 귀촉도 운다'라는 구슬픈 두견새의 음률을 사랑과 그리움, 그리고 이별의 아픔을 형상화한 표현은 사춘기 소년들의 감성을 사무치게 했다. 문학이란, 서정시란, 서사시란. 이념과 국경을 초월한 감성의 언어였다. 나는 중학교 입학 후 마주친 이념의 소용돌이에서 무사했음은 고적한 문학적 사색의 시간 덕분이 었음을 알았다.

약 100미터쯤 잇따른 돌담을 사이에 둔 북교동183번지의 이웃은, 신작로로 향한 장방형의 화강암 울타리가 정원 위쪽에서 사랑채를 지나 봄날 백목련과 연분홍 라이락 꽃잎들이 향내음을 뿜어내는 뒤안길을 지나, 오동나무 모퉁이에 이르기까지 무안군청의 뒤뜰이 바라다보이는 곳의 돌담으로 경계를 이루고 있었다. 그 이웃집 뒤뜰의 두 그루 상록수는 우리집 정원을 향해 가지를 뻗치고 있었다. 나는 가끔씩 정원수 안에 파묻힌 근대식 별채 집을 찾아갔다. 도서관을 방불케 한 책장들로 빼곡한 서재는 나를 압도했다. 그 집은 목포 개항 이래 독지가였던 차남진 씨의 집 중 사랑채였다. 그 집의 둘째 자제분은 나의 목포초등학교 시절 교사였고 훗날 극작가였고 문화부 장관을 지낸 차범석 씨 집이었다. 셋째 자재분 역시 작가였다.

목포상업학교 삼 학년 봄날이었다. 차범석 선생님에게서 그리스 극작 작품으로『희랍의 비극』1, 2권을 빌려 보곤 했다. 그 서재를 출입하면서 훗날 나는 작가로서 꿈을 키웠고, 희랍의 비극 극작품 중 소포클레스의『오이디푸스 왕』의 비극은 정신분석학을 이해하는 데 귀중한 밑거름이 되었다.

방첩대원에게
끌려갔던
엄마

1950년 6월 23일 금요일 초여름 하오의 교정은 평소와 다름없이 넓은 운동장을 트랙 삼아 육상 부원들의 경기가 한창이었다. 오후 수업을 마친 나는 용당동 학교 정문을 나섰다. 산정동 철길을 지났다. 목포역을 뒤에 두고 남교동 불종대를 거쳐 북교동 집으로 오기까지 거리는 평소와 다름없었다. 둘째 형과 셋째 누나의 학교 생활 뒷바라지를 위해 서울로 올라갔던 엄마는 6월 24일 아침 6시쯤 목포역에 도착했다. 아마 6월 23일 돈암정 집을 나와서 엄마는 서울역발 목포행 열차로 대전역에서 자정 지나 완행열차로 갈아탔을 것이다.

엄마는 나에게 서울 소식을 들려줄 시간도 없이 피곤한 몸을 이끌고 평소 입고 다니던 몸뻬바지에 흰 고무신 차림으로 건장한 두 사내를 따라 나갔다.

— 엄마, 어디가?

— 엄마 금방 돌아올게.

엄마는 예사롭게 집을 나섰다.

그날 아침 집에는 나와 여동생뿐이었다. 나는 엄마의 대범한 성격을 잘 알고 있으므로 흔히 아버지를 만나러 오곤 했던 유도 제자들인 줄 알았다. 저녁 무렵이었다. 아버지는 구례섬에서 큰형은 중등포에서 집으로 모였다. 밤이 이슥하도록 엄마는 돌아오지 않았다. 식구들은 날밤을 새운 채 1950년 6월 25일 아침을 맞이했다. 어딘가 출타를 하려던 아버지는 급히 집 중문으로 들어선 유도 제자와 맞닥뜨렸다.

— 선생님, 인민군이 서울을 침공했고 사모님은 방첩대 3층에서 투신했는데, 지금 지하에 있습니다. 빨리 가보셔야 합니다.

나는 아버지와 큰형, 둘째 매부와 함께 소식을 전하러 온 그 청년의 지프차로 목포경찰서 아래쪽 방첩대를 향해 시간을 재촉했다.

라디오에서는 이승만 대통령의 떨리는 서울 사수 방송이 거리마다 울려 퍼졌지만 갈팡질팡하는 피난민은 그 사실을 믿지 않았다. 곤두박질치는 시국에 시가지는 온통 아수라장이었다. 거리 여기저기에선 곧 이곳 해안 도시에도 인민군들이 내려온다는 소문이 파다하게 퍼졌고, 군경 가족들은 허겁지겁 앞을 다투어 피난길에 나서고 있었다.

그러나 1950년 6월 25일 일요일 새벽 북한군의 기습 남침으로 이승만 정권은 서울 사수를 방송했지만, 이미 6월 27일 대전으로 옮긴 후였다. 뒤이어 7월 14일 대구로 쫓겨 간 정부는 손바닥만한 부산을 남겨두고 8월 18일 낙동강 칠곡 다부동을 중심으로 하는 대한민국 존폐의 마지막 낙동강 방어선을 제외한 남한의 모든 산야는 붉은 깃발로 물들었다.

오랜 세월 후 국방부의 한국전쟁사에 기록된 기사 내용은 다음과 같았다.

"1950년 6월 25일, 이승만 대통령은 여느 일요일과 마찬가지로 아침 식사를 마치고 09:30분쯤 창덕궁 비원(반도지, 半島池)으로 낚시를 하러 갔다.

이승만 대통령은 서울이 함락되기 직전 1950년 6월 27일 새벽 2시에 서울시민들을 버리고 몰래 특별열차를 타고 한강 다리를 건너 대전으로 도피했다. 그러나 6월 27일 밤 인민군들은 미아리고개를 넘어 서울로 들어오고 있을 때에도 '한국군이 38선을 돌파하여 북으로 진격하고 있으니 안심하고 있으라'라는 내용의 이승만 대통령 육성을 피난길 대전에서 방송했다. 그러나 6월 28일 새벽 2시 30분 인민군은 미아리에서 서울 침공을 버리고 홍릉 수목원에서 28일 2시 서울의 동쪽 돈의문을 거쳐 광화문으로 서울에 입성하자 우리 국군의 미아리 방어선은 철수됐다. 국군 공병대는 6월 28일 2시 40분 한강 인도교와 철교를 폭파하자 피난길 서울시민은 고립됐다. 1950년 6월 28일 3시였다. 인민군은 탱크를 앞세워 서울 중심가로 입성했다."

6월 25일 아침 우리 가족은 아버지의 유도 제자라는 한 청년의 전갈대로 방첩대 지하실로 갔다. 고문으로 인해 상처투성이 피해자들 중에 나는 왼쪽 발목 골절을 입고 방치된 엄마를 찾아냈다. 목포경찰서 소속의 아버지 유도 제자는 피난길 와중에도 지프 편으로 엄마를 호남동에 위치한 차남수외과의원으로 싣고 갈 수 있었다.

엄마가 서울에서 목포로 내려온 다음날은 공교롭게 6·25전쟁이 터진 날이었다. 그러나 엄마는 6월 23일 돈암정 집에서 나와 서울발 목포행 완행열차를 탔고 대전역에서 6월 24일 자정에 목포행 열차로 아침 6시쯤 목포역에 도착했다. 그러므로 6월 28일 3시 인민군은 서울에 입성하였으므로 6월 25일 새벽 38선 전역에서 서울 기습 침공의 사건을 엄마의 목포행 날짜에 귀결시킨 방첩대 심문은 허무맹랑한 일이었다.

그밖에 엄마가 방첩대에 연행된 이유에 대해 식구들은 전혀 아는 바 없었다. 만일 엄마가 서울에서 6월 28일 이후 목포로 피난길에 나섰다면 엄마와 우리 집안 사정은 달라졌을 것이다.

뒤에 안 사실이지만 방첩대에서는 해방 후 상해임시정부 독립 촉성회의 대한애국부인회 활동 인사의 수배 인물에 대한 보복성 고문이었다.

해방 후 반탁 찬탁에서 우익과 좌익으로 곪아터진 이념정쟁의 소용돌이 틈새에서, 1949년 6월 26일 서울 종로구 경교장 사저에서 백범 김구 선생이 육군 소위 안두희의 흉탄에 의해 서거하자 엄마는 목포시 대한애국부인회 김구 선생 서거 국민장 장례식에서 통곡의 영결사를 낭독하여 김구 선생 반탁 노선에 앞장섰던 인물로 지목된 바 있었다.

상해 망명 가족, 대한애국부인회 목포지회장, 김구 선생 국민장 영결 추도사, 6·25한국전쟁 발발 전 서울에서 목포로 귀가 등 일련의 연결고리로 사건을 엮어 엄마는 방첩대에 연행됐다. 그러나 무모한 시민을 살육하는 방첩대의 만행을 세상에 알리려고 엄마는 방첩대 3층 취조실에서 투신했다고 한다.

1948년 5월 27일 창설된 방첩대(CIC)는 대북 첩보와 정보수집 등 이승만 정권에 반대하는 정치세력의 사찰, 탄압을 담당해 왔었던 특무대는 무소불위의 군민 사찰로 악명이 높았다.

차남수외과의원에서 왼쪽 발목 골절에 대한 간단한 깁스 등 응급처치만 받은 엄마는 가족들에 의해 트럭에 실리어 피난길 행인들과 맞닥뜨리며 목포시의 북항, 뒷개로 갔다. 신안군 압해면 선착장으로 왕복 운행하는 발동선에 옮겨 실은 엄마는 뒷개와 최단거리에 위치한 구례섬(구도)의 병풍바위 선착장에 도착했다.

아버지는 원아들의 숙소가 있는 구례섬 산정 건물의 한 칸에 엄마를 옮겼다. 그리고 다음날 밤이었다.

목포시가지를 병풍처럼 에워싼 유달산의 북쪽 끝자락이 달빛에 어려 아물거리던 무렵이었다. 구례섬 병풍바위 선착장에 내린 아버지는 발소리를 죽이며 산정 건물의 엄마 숙소로 들어섰다. 그리고 간호 중인 큰형을 깨웠다. 머지않아 목포시 내무서에서 구례섬의 현장조사가 있을 것이라는 정보가 있어 엄마를 다른 곳으로 옮겨야 할 절박한 시간이었다.

큰형은 밤을 새워 강단 건축자재에서 튼실한 두 개의 각목을 세로로 하고 가로로 좌우 쪽으로 각각 세 개의 각목 받침대를 엮어 멜대를 만들었다.

미명이었다. 가족들은 엄마의 등침대를 멜대 위에 옮겨 구례섬의 서쪽 산복 아래 모래사장으로 내려갔다. 전마선으로 맞은편 구례섬 용출도의 동쪽 선착장으로 옮겼다. 엄마가 누운 등침대는 6명의 장정들 어깨에 옮겨졌고, 방조제의 둑길을 지나 비탈진 황톳길로 올라섰다. 흐드러지게 피어난 연자색 감자 꽃밭을 지나자 나지막한 산자락 아래에서 장정들의 발길은 멈추었다. 거기엔 두 칸 방에 부엌이 딸린 외딴 기와집 한 채가 있었다.

제1부 新安으로 가는 길

모든 게 뒤죽박죽이 된 세상, 그곳 외과의원에서 발목 골절 수술은 엄두도 내지 못했다. 엄마의 왼쪽 발목 골절 부위는 석고 깁스로 고정됐을 뿐이었다. 엄마는 고열로 인해 헛소리를 냈다. 그때 떠오른 건 얼음찜질이었지만 그곳엔 냉장고도 얼음도 없는 두 칸 온돌방이 있을 뿐이었다. 나는 언젠가 찾아가 본 적이 있었던 집 너머 동굴 속 지하수를 길어왔다. 그리곤 찬물에 적신 타월을 엄마의 이마와 가슴팍에 갈아대곤 하면서 날밤을 새웠다.

1950년 7월 들어 연일 땡볕만 쏘아대던 하늘에서 갑자기 벼락 치는 소리와 함께 외딴 지붕 위를 스쳤던가 하면, 아뜩한 창공 저쪽으로 흰 연무를 토해내며 사라져가는 호주산 무스탕 전투기의 출현이 빈번해졌다. 압해면 선착장에는 팔에 붉은 완장을 두른 지방 자위대원들은 내무서원을 앞세워 죽창을 들고 설쳐대고 있었다. 하늘에서는 굉음을 울리며 무스탕 전투편대기가 동쪽 하늘에서 번쩍하다 서쪽으로 사라지곤 했다.

엄마를 위해 소독약을 구해다 줄 사람은 아무도 없었다. 고열과 통증으로 시달리는 엄마의 생명을 유지할 음식물을 가져다 줄 사람도 없었다. 썰물 때면 뒷개 쪽 바닷물은 서남쪽 용출도와 손바닥만한 모개섬(오도) 사이 바닷길은 마치 폭포수처럼 소용돌이치는 급류를 다도해로 쏟아냈다. 용출도와 구례섬 사이 바닷길에는 7월의 햇볕 아래 떼를 지어 헤엄치는 상괭이들의 번들거

구도(龜島)를 아는가❶

리는 검정 등줄기들이 보였다. 나는 썰물 때 손발의 옷을 걷어 올리고 용출도 서남쪽 갯벌의 크고 작은 바위에 지천으로 피어난 석화로부터 굴 캐기에 열중하고 있었다. 느닷없이 우레 소리에 이어 머리 위에서 폭발음이 들렸다. 정신을 잃었다. 땡볕이 눈을 찔렀다. 한동안 갯벌에 벌렁 누워 꼼짝달싹 못했다. 폭발음을 퍼질렀던 제트기는 동남쪽 하늘로 흰 연무를 남기곤 이내 사라졌다.

엄마의 신열은 연이은 동굴 지하수의 찜질로 천천히 차도가 있었다. 오전 중 엄마의 병시중을 끝낸 나는 도라지꽃을 찾아 온 산을 헤맸다. 울창한 서북단 산등성 아래쪽 아늑한 소나무 숲에 무리 지어 피어난 도라지꽃을 발견했다. 호미로 캐어 낸 도라지를 망태에 가득 채웠다. 그것들을 물에 종일 담가 쌉쌀하고 아릿한 맛을 우려냈다. 아버지는 용출도 외딴집으로 유도 제자인 접골사를 모셔왔다. 발목 골절의 소염에는 도라지가 좋고, 굴과 생선뼈들은 발목 골절에 효험이 있다는 것을 알려 주었다. 나는 매일 썰물 때를 기다려 갯벌에 깔린 바위의 석화에서 굴 캐기에 열중했다. 이것으로 반찬을 만들었지만, 엄마의 왼쪽 발 골절을 회복시키는데 칼슘 대용으로 복용할 대용식을 위해 굴 껍질을 절구통에서 빻았다. 채로 걸러낸 석화 가루를 물에 타서 드시게 했다. 욕창의 상처 부위는 외용 다이야 찡 가루약으로 도포했다.

찬거리를 위해 낚시질도 했다. 언젠가 엄마와 함께 용출도 뱃머리의 방조제를 지나면서 보았던 갯벌 위 물고기를 떠올렸다. 때마침 썰물 때라서 갯벌의 물길을 따라 들어왔던 이름 모를 물고기와 망둥어들이 갯벌에서 팔딱거리고 있었다. 눈이 휘둥그래진 나는 황톳길을 줄달음쳐 가져온 양동이를 거머쥔 채 갯벌로 뛰어들었다. 이리 뛰고 저리 뛰고 뒹굴면서 팔뚝만한 물고기를 양동이에 가득 채웠다. 잡아온 은빛 물고기를 굽고, 탕을 끓였다. 그리고 나머지는 포를 떠서 지붕 위에서 말렸다. 태풍 전야처럼 조용했던 용출도 방조제 안에서 엄마를 위해 건져 올린 뜻밖의 숭어 선물이었다.

검정 제복의
낯선
방문객

　　　　　　　침대 위로 높이 매달아 놓은
　　　　　　엄마의 왼쪽 다리도 차츰 낮아지
　　　　　고 몸을 가눌 수 있을 만큼 차도
가 생긴 7월 하순 무렵이었다. 엄마가 올 삼월에 심었던 감자밭
으로 갔다. 엄마의 손길을 받지 못한 밭고랑에는 잡풀이 무성했
다. 나는 땡볕이 내리꽂히는 황토밭 밭두둑에서 잡풀을 걷어내
고 주렁주렁 매달린 감자를 캐고 있었다. 그런데 갑자기 용머리
선착장에서 발동선 소리가 들렸다. 이윽고 검정 제복의 사내가
황톳길 이쪽으로 다가오고 있었다. 모자를 눌러 쓴 사내는 나에
게 다가섰다. 한순간 불안과 긴장감이 나를 덮쳤다. 그러나 사내
는 알 수 없는 미소를 지었다.

　— 아버지 계셔?

　— 아니요.

— 엄마는 좀 어떠시냐?

엄마의 발목 골절은 가족만이 알고 있을 뿐이었다. 그런데……?

— 누구세요?

나는 용기백배하고 물었다.

— 왜, 목포 북교동 집에 가끔 들렀던 아버님 유도 제자 인국이다.

인국이? 나는 언젠가 아버지에게서 들은 바 있었던 유도 제자의 이름을 떠올렸다. 다른 유도 제자들에게 칭찬했었던 그 업어치기의 명수……? 그런데 왜 이상한 복장을 하고 내 앞에 나타나 아버지를 찾고 있는 것일까……? 그러나 아버지의 유도 제자임은 확실했다. 인국이라는 청년을 엄마의 병상으로 안내했다. 엄마는 둘째 형을 대하듯 그 청년에게 다정하게 말을 놓았다. 뒤에 안 사실이지만 그는 목포 내무서장이었다. 그때 청년은 구례섬에 가 계신 아버지를 만나지 못한 채 그를 태운 발동선은 압해면 선착장으로 사라졌다.

— 엄마 그 사람 왜 왔어?

— 북교동 집으로 자주 왔었지. 부랑아들을 데리고 오기도 했고, 둘째 형하고 목포상업학교 동창이었다. 건실했어. 자기 집이 압해면에 있었어.

나는 북교동 집으로 찾아왔다는 둘째 형의 목포상업학교 동창

구도(龜島)를 아는가❶

을 탐색했다. 그러나 인국이라는 사람은 떠오르지 않았다.

목포초등학교 4학년 무렵이었을 것이다. 북교동 집 골목으로 통하는 조각문 밖에서 상하 카키복에 양 무릎 아래 다리를 게토루라는 각반으로 감고 스포츠형 삭발을 한 전투모를 한 손에 거머쥐고 둘째 형이 나오기를 기다리는 그때 목포상업학교에 다니는 학생만 선명하게 떠올랐다. 흠잡을 데 없이 단정한 미남형으로 일제강점기 목포상업학교 재학 중인 김대중 씨를 떠올렸다.

그는 목포상업학교가 낳은 한국의 넬슨 만델라였다. 진정 독재와 맞서 핍박과 고난, 용서와 화해를 행동으로 실천한 민주화의 상징이었다. 1980년대에는 대한민국 어디를 가나 목포상업학교 졸업생은 직장에서 일차적 감시 대상으로 신원조회를 받아야 했다.

8월 초순 새벽이었다. 엄마는 나의 여름 바지 오른쪽 속주머니에 쌍 금가락지를 넣곤 바늘로 꿰맸다.

— 시국이 불안하다. 아버지와 함께 심중하게 행동해라. 위급할 때 아버지한테만 알리고 절대 옷을 벗지 마라.

엄마는 청년의 내방에 대해선 일절 말이 없었다. 나는 인국이란 청년을 통해 세상은 뒤바뀌었지만 이념과는 상관없이 은사에 대한 예의에서, 그리고 엄마의 과묵한 행동에서 어렴풋이 변치

않는 유대감을 느꼈다. 나는 그때부터 나의 삶에서 사제간의 의
리가 어떤 것인가 뇌리에 각인되었다.

숨막히는
장산도
탈출

서울 이남 땅 속속들이 인민군
이 나타나지 않은 곳은 없었다.
세상은 뒤바뀌었다. 양지가 음지
가 되고 원한을 품어왔던 음지의 인간들은 한을 푸는 천재일우
의 계기가 되었다. 비록 나의 아버지는 자수성가한 백부님으로
부터 임종 때 유산으로 받은 5천 석으로 목포시 북항의 선착장
에서 가장 가까운 세 개의 섬을 사들여 일제강점기에 목포에 산
재했던 굶주린 부랑아들을 위해 고아원을 설립하여 헌신해왔고,
해방의 소용돌이 속에서도 오롯이 이들에게 먹이고 입히고 취학
시켰지만, 뒤바뀐 세상에서 아버지의 신변을 보장받을 수 없었
다. 그러나 유도 제자인 검정 제복의 사내는 용출도를 찾아와 아
버지를 위해(危害)한다는 정보를 알려주고 갔다. 그 청년 스스로
무산계급의 프롤레타리아는 아버지를 유산계급의 부르주아로

인정받을 수 있으므로 아버지에게 닥칠 위험을 알리기 위함이었을 것이다. 비록 세상이 아무리 뒤바뀌었다고 하지만 그 당시만 해도 유도를 통한 사제간의 의리를 목숨보다 귀중하게 여기던 시절이었다. 어쨌든 아버지는 일제강점기부터 유도를 통해 사회 각계각층 청년들의 심신을 단련시켜왔고, 이념을 초월한 수많은 유도 제자들을 배출해 왔다는 사실 때문에 스승을 보호하기 위한 마지막 방문이었을 것이다.

압해면 선착장을 다녀온 인구 아저씨는 압해면 자위대에서 구례섬과 용출도의 반동분자를 색출할 것이라는 정보를 알려 왔다.

아버지는 엄마에게서 인국이라는 청년이 찾아와 신변의 안전을 위해 피신을 종용하고 다녀갔다는 소식을 들었지만 그러나 당신은 평생을 고아들의 육영에, 청년들의 유도를 통한 개도밖에 몰랐다는 사실만을 믿고 뒤바뀐 시국을 타인의 일로 일축했다. 하지만 엄마의 설득으로 아버지는 피난길에 나설 준비를 했다. 인구와 용하 아저씨는 용출도 뱃머리에 전마선을 대기시켜 놓았다.

8월 초순 동틀 무렵이었다. 엄마를 외딴집에 홀로 두고 미지의 바닷길을 떠나는 두려움에 가슴은 미어졌다. 우리 일행은 용출도 뱃머리를 떠났다. 희뿌연 안개가 걷히고 목포시의 뒷개(북항)와 구례섬, 용출바위를 뒤로하고 산자락 아래 외딴 기와집이 차츰 멀어져가자 가슴에 불안이 찾아들었다. 보이는 것은 무변대해, 전마선으로 넘실대는 시퍼런 바다뿐이었다. 우리는 지금 어디로 가는 것일까. 무산계급의 상징인 내무서원, 지방자위대의 반동분자 색출은 이제 사라진 것일까. 전마선은 망망대해 속 일엽편주였다. 선수 쪽 선창(船倉)에 앉아 있는 나는 내리꽂히는 햇볕을 한 손으로 가린 채 짙푸른 바다 저쪽으로 희뿌연 실루엣을 발견했다. 그때였다. 아버지는 인구에게 외쳤다.

— 뱃머리를 돌려라. 저 섬은 안 된다.

번갈아 가면서 노를 젓던 인구와 용하 아저씨는 잠시 노에서 손을 놓고 아버지를 바라보았다.

— 더 나가면 시오바다인데요.

다도해를 벗어나면 전마선으로는 난바다의 물결에 휘말려 더 이상 노를 저을 수 없다는 말이었다. 그렇지만 아버지는 묵묵부답이었다. 파도는 높아지고 거칠어져 갔다. 우리는 어디쯤 와 있는 것일까. 나는 시시각각으로 불안에 떨고 오금이 저려왔다. 눈을 감았다. 뒤에 안 일이지만 처음 내가 발견했던 섬은 신안군 압해면에서 가로로 떨어진 암태면의 선착장이었다. 그리고 몇 번째의 섬 그림자를 거쳤던가. 두 아저씨의 양 어깨는 느슨해졌고 노를 젓는 소리도 들리지 않았다. 전마선은 방향을 잃고 시오바다로 표류하기 시작했다. 아버지는 가슴에서 지도를 꺼냈다.

— 한 시간만 가면 목적지에 도착한다. 힘을 내자.

그때 용하 아저씨가 아버지에게 볼멘소리로 말했다.

— 그곳이 어디지라우?

— 안자면 아래 자라도를 지나 장산도로 가자.

나는 비로소 우리가 찾아가는 피난처는 언젠가 엄마에게 들었던 아버지 친구가 살고 있다는 장산도임을 알았다. 저 섬에서도 반동분자를 색출하는 내무서원과 자위대원들이 설쳐대지 않을지…… 또다시 불안감이 일기 시작할 무렵이었다. 바다 저쪽에서 두 대의 무스탕 전투기가 우리를 향해 고도를 낮추었다. 정신없이 나는 양팔로 머리를 감싸곤 선창에 엎드렸다. 귀청을 찢는 폭음이 사라진 후였다. 아버지는 수첩을 꺼냈다. 주문을 읊듯 몽수경(夢受經)[4]을 독경하면서 그 내용을 적어 나에게 건넸다.

— 재난을 면하는 신통경이다. 낭떠러지에 매달리는 심경으로 소리 내어 매달려라. 그러면 화를 면한다.

나는 일념으로 눈을 감고 몽수경 읽기를 되풀이했다. 엄마의 얼굴이, 침대 위로 매달아 놓은 왼쪽 발목이 어른거렸다. 지금 있는 곳이 난바다라는 사실을 잊고 몽수경에 매달렸다.

서쪽 바다 저편으로 해가 기울어질 무렵이었다. 아물거리며 길쭉한 선착장이 보이기 시작했다. 가슴은 또다시 두근거렸다. 전마선의 노 젓는 소리가 잦아들었다. 다가가는 선착장 위로는 삼삼오오 팔에 붉은 완장을 두르고 죽창을 쥔 자위대원들, 말로만 전해 들었던 인민군이 겨드랑이에 낀 따발총부리가 나를 향하고 있지 않은가. 가슴은 떨리고 입에 침이 바짝 말랐다. 아저씨들의 노 젓는 소리가 다시 들리고 뱃머리를 되돌리려는 순간이었다. 선착장에서 호루라기 소리가 들렸다. 아아, 아버지는 엄마를 홀로 두고 무단히 저 빨갱이 소굴로 찾아 나섰단 말인가. 이제 우리는 제발로 범굴로 찾아든 꼴이 되었다.

거푸 불어대는 호루라기 소리는 우리를 꼼짝없이 포박하려는 위험 신호로 들렸다. 전마선의 노 젓는 소리가 뚝 그쳤다. 선착장 위 인간들은 마치 먹이를 발견한 맹수처럼 한 치의 틈도 놓치지 않고 이쪽을 노려본다.

— 저쪽 선착장으로 배를 대라. 겁먹지 말고 평소대로 움직여라.

넘실대는 망망대해에서 일행은 지쳤고 허기져 있었다. 겁먹지 말라는 아버지 목소리는 두근거리는 나의 가슴을 조금은 진정시켰다. 뱃머리가 선착장에 닿았다. 두 아저씨는 닻을 내리고 선착장에 올라가 로프를 둥근 쇠기둥에 둘러맸다. 뒤이어 아버지가 선착장으로 올라갔다. 선창에서 일어난 나는 뭍으로 오르려고 한쪽 다리를 올리는 순간이었다.

— 동무, 정지!

무장 인민군은 나를 향해 따발총부리를 겨눈 채 전마선 선수 쪽으로 껑충 뛰어내렸다.

— 학생이우.

— 네에……

나는 두려움에 목이 잠겼다.

— 신분증 내보이라우.

바지 호주머니에서 패스포트를 꺼내어 인민군에게 건넸다. 날카로운 눈초리로 내 얼굴과 신분증의 사진을 번갈아 보던 그는 선착장에서 이쪽을 내려보고 있던 검정 인민복 차림의 사내에게 손짓했다.

— 동무, 이리 내려오라우.

따발총을 옆구리에 낀 인민군은 사내에게 나의 신분증을 건넸다.

— 목포상업학교 다니오?

— 네.

선미 쪽으로 가던 인민군은 보따리에서 책 한 권과 두툼한 사전을 집어들었다.

— 반동 새끼, 따라오라우!

태도가 표변한 인민군의 손에 쥔 책들은 내가 밑줄을 그어 정독한 영어 숙어집에 월북 작가 이태준의 '구원의 여상' 등 소설집 한 권이었다. 나는 인민군의 지시에 따라 선착장 옆 바닷가로 내려갔다.

— 양 팔을 올리고 뒷걸음치라우!

한 발짝씩 뒷걸음치면서 바닷물 속 자갈밭을 밟았다. 아버지,

인구와 용하 아저씨의 얼굴이 내 눈앞에서 차례로 사라져갔다. 그리고 외딴집에 홀로 누워계신 엄마의 모습이 눈앞에 어른거렸다. 바닷물이 가슴팍에서 출렁거렸다. 더 이상 바다 밑 자갈밭을 밟을 수 없었다. 코와 입안으로 바닷물이 들어왔다. 몇 모금을 삼켰다. 더는 뒷걸음질칠 수가 없었다. 서너 번 내 몸은 물속으로 잠겼다 솟아올랐다.

— 더 들어가라우!

나는 양손으로 허우적거렸다.

따발총 갈기는 소리가 들렸다. 정신을 잃었다. 그리고 내 몸은 선착장 흙바닥에 짐짝처럼 부려졌다.

— 반동 새끼를 수레에 실라우.

나는 누운 채 눈을 떴다. 사위는 어둠에 싸였고 수레바퀴의 덜컹거리는 소리에 맞추어 온몸이 들썩거렸다. 우리 일행은 수레 뒤쪽에 실려 인민군과 자위대원들에 에워싸인 채 생포된 신세가 되어 어딘가로 끌려가고 있었다.

— 반동 새끼들 여기 뉘기를 찾아온기오.

수레 옆자리를 따라가던 한 인민군은 아버지 턱 아래로 따발총 총부리를 들이대며 위협했다.

— 장 부잣집을……

아버지는 겁에 질려 걸음을 멈추곤 얼떨결에 말했다. 인민군은 자위대장으로 보이는 청년에게 장 부잣집을 되물었다.

— 이 섬 반동의 대폽니다.

— 반동 새끼가 틀림없군.

인민군은 따발총부리를 아버지 옆구리에 들이댔다.

밤이 이슥할 무렵이었다. 우리를 포획한 자위대원들은 팽나무와 느티나무 등이 우거진 길을 지나 솟을대문 앞에 섰다. 거기에도 한두 그루 팽나무가 마을 입구를 뒤덮고 있었다. 솟을대문 앞에는 자위대가 보초를 서고 있었다. 용하 아저씨는 한 노인에게 장 부잣집을 물었다. 노인은 벙어리처럼 말없이 손을 들어 따발총을 겨드랑이에 끼고 솟을대문으로 들어가는 인민군을 가리켰다. 한 자위대원은 우리들을 노인이 가리키는 대문 안으로 몰고 갔다. 그때야 비로소 나는 장 부잣집은 내무서로 바뀐 것을 알았다.

한옥 내무서에서 나온 한 인민군은 우리 일행을 사랑채 한 칸 방으로 몰아넣었다. 건물 구조는 옛날 시골 종가의 사랑채 같이 방안은 넓어 보였다.

— 바깥을 무단 외출하면 총살이요. 내무서장의 지시가 떨어질 때까지 얌전히 있기요.

우리는 사랑채 바깥의 자위대원에, 안쪽은 내무서를 지키는 인민군에 포위되어 우리에 갇힌 짐승처럼 온돌방 안에 감금된 신세가 되었다. 방 한가운데에는 기둥이 서 있었다. 밖에는 자위

구도(龜島)를 아는가❶

대원들이 번갈아 보초를 서고 있었다. 방바닥에 몇 개의 목침(木枕)만 보였다. 날이 저물고 새벽이 찾아들 때마다 나는 주머니 칼로 기둥에 가로로 줄을 하나씩 새겼다. 그리고 열 번째 줄을 새겼다. 땅거미가 내리는 저녁 무렵이었다. 주먹밥을 들고 온 한 자위대원이 아버지에게 귓속말을 남기곤 사라졌다. 아버지는 용하와 인구 아저씨에게 귓속말로 지시했다. 밤이 이슥할 무렵 용하와 인구 아저씨가 자리를 떴다. 아버지가 말한 대로 나는 거리를 두고 두 아저씨의 뒤를 따라갔다. 이상한 일이었다. 문밖에 보초 서는 자위대원들은 보이지 않았다. 팽나무 마을을 벗어나자 나는 뒤돌아보았다. 아버지가 멀리서 뒤따라오고 있었다. 콩닥거리는 가슴을 누르며 사위를 살폈다. 인기척 소리는 들리지 않았다. 열흘 전 포획당해 왔던 길 어디에도 인기척은 없었다. 조금 전 그 자위대원은 아버지와 무슨 상관이 있었기에 귓속말을 전했을까. 오늘따라 보초 서는 자위대원들은 왜 한 사람도 나타나지 않는 것일까, 생각하는 동안 어둠은 깊어만 갔다.

나는 용출도 용출바위 뱃머리를 떠났던 날을 8월 초순쯤으로 기억하고 있었다. 기와집 방 한 칸에 연금되어 있는 동안 내무서원의 발걸음은 하루가 다르게 부산해졌다. 나는 엄마를 방첩대에서 구출하려고 집을 나섰을 때 일을 떠올렸다. 엄마는 방첩대원의 고문에 견디지 못해 3층에서 투신하던 무렵은 수사기관원들의 철수작전을 서두르고 있었을 무렵이었다는 것을 깨달았다.

내무서 구치소 격인 온돌에 연금된 우리 일행을 바다에 수장하는 것쯤은 식은 죽 먹기 일 것이다. 우리는 아버지가 일러 준 거리대로 떨어져 선착장에 도착했다. 사위는 조용했다. 나는 전마선 안으로 들어섰다. 용하와 인구 두 아저씨는 삿대질로 전마선을 선착장으로부터 띄우고 있었다. 그런데 갑자기 난데없이 호루라기 소리에 이어 동무! 동무! 하는 고함 소리가 들렸다. 이어 어디선가 자위대원들이 이쪽을 향에 달려오고 있었다.

　— 동무들 뭣들 하고 있소?

　— 선창에 물이 새들어 퍼내고 있소.

　용하 아저씨는 정말 배 밑창 물을 퍼내고 있었다. 보초를 섰던 자위대원이 선창가 주막으로 들어갔을 때였다. 인구 아저씨는 전마선의 로프를 선착장의 쇠기둥에서 걷어드린 뒤였다. 아버지가 전마선으로 뛰어내렸다. 전마선 선미에서 두 아저씨가 노를 저어 나갔다. 어둠 저쪽 선착장에서 거푸 들리는 호루라기 소리를 피해 노 젓는 소리는 다급해졌다. 이어 바닷물을 가르는 따발총 소리가 들렸다. 선미 쪽에서 바닷물 튀는 소리가 연이어 들렸다. 아버지는 내 손을 잡고 배 밑창으로 엎드렸다. 인구와 용하 아저씨는 죽을힘을 다해 노를 저어갔다.

　인민군의 따발총 갈겨대는 총소리도 호루라기 소리도 멀어져 갔다. 용하와 인구 아저씨는 비로소 한숨을 돌리고 노 젓던 손을 놓았다. 선창에서 일어난 나는 밤하늘을 쳐다보았다. 반달이 하늘 복판에 걸렸고 국자 모양의 북두칠성이 가물거리고 있었다. 국자의 맨 앞쪽에서 더욱 반짝이는 별빛 북극성을 찾아냈다. 일촉즉발의 위험에서 벗어났음인지 나는 넘실대는 물결에도 불구하고 선창에 기대어 스르르 눈을 감았다. 비몽사몽간에 누군가 외치는 목소리에 눈을 떴다.

― 섬이다.

뒤이어 아버지의 목소리가 들렸다.

― 해남이다.

나는 눈을 떴다. 집채 같은 바위들이 바닷가에 펼쳐져 있었다. 우리 일행은 해남의 어느 바닷가 바위에 전마선의 로프를 감고 닻을 내렸다. 썰물 때라 크고 작은 바위들이 바닷가 여기저기에 드러나 있었다. 나는 뭍으로 오르는 길을 찾으려고 산복 길을 바라보고 있었다. 낭떠러지 맨 위쪽 소나무 아래로 뚫린 비탈길에서 웬 사람들이 이쪽을 바라다보고 있었다. 그들은 붉은 완장을 두르고 죽창을 손에 들고 산복 길을 따라 내려오고 있었다. 나는 어쩔 수 없이 제자리에 서 있었다. 그러나 아버지는 그들을 향해 오르고 있었다. 나는 꼼짝하지 않은 채 아버지의 움직임을 보고만 있었다. 뒤따라 오르던 아저씨들도 제자리에 서 있었다. 또다시 우리 일행은 자위대원에게 포위당하고 있었다.

나는 아버지가 일러준 몽수경을 가슴으로 읊었다. 이제 운명에 맡기는 수밖에 없었다. 아버지는 비탈길에 서 있는 사람을 향해 올라가고 있었다. 그 뒤를 두 아저씨가 뒤따라 올라가고 있지 않는가. 그때 내 발길도 따라 움직였다. 아버지는 걸음을 멈추었다.

— 선생님 여긴 어쩐 일입니까.

— 피난 나왔네.

— 저를 따라오시지요.

나는 비로소 깊은 숨을 토해냈다. 장산도 선착장에서 맞닥뜨렸던 자위대장의 거들먹거림을 떠올렸다. 하지만 지금 그들이 아버지를 향해 깍듯이 대하는 태도로 미루어보아 그때와는 상황이 판이함을 깨달았다.

우리 일행은 자위대장의 안내로 낭떠러지 가까이에 자리 잡은 농가로 들어섰다. 일별해서 옹색한 농가였지만, 외양간에는 소 한 마리가 매여 있고 쟁기와 지게 등 잡다한 농기구가 갖추어져 있는 것으로 미루어보아 방금 전 산허리로 사라진 자위대원들이 사는 마을에는 천수답 정도의 논밭은 있을 것으로 짐작되었다.

전형적인 초가삼간이었다. 하지만 송림 속에 파묻힌 초가집은 낙락장송 낭떠러지 위에 자리 잡은 풍광 좋은 암자를 연상시켰다. 나는 낭떠러지 부근 노송 가까이로 다가섰다. 깎아지른 낭떠러지 아래로 바닷물이 찰싹거리고 해풍에 시달린 채 몇 백 년은 되었을 노송들 사이로 밀물이 밀려오고 있는 게 보였다. 일행은 두 칸 방 사이 마루로 올라갔다. 자위대장은 둥근상을 폈다. 보

구도(龜島)를 아는가❶

리밥 다섯 그릇에 풋고추와 된장, 그리고 갓 무친 열무김치로 밥상이 차려졌다. 나는 쌀알처럼 흰 보리밥 한 그릇을 게눈 감추듯 비웠다. 아버지와 자위대장 사이 대화는 없었지만 오가는 서로의 눈빛은 따스했다.

— 선생님, 지금이 밀물 때라서 곧 떠나셔야 합니다.

아버지를 따라가는 곳마다 기적 같은 우연이 우리를 구출했다. 재난을 당한 구원의 신통력은 낙동면 옥관리 대둔사에서 친할머니의 원력에서 비롯한 것으로밖에 달리 설명할 수 없었다. 10년 불공 끝에 40세를 넘겨 아버지를 낳았으므로 부처님의 가피를 입었을 것이다.

우리 일행은 자위대장의 송별을 받으며 화원반도의 바닷가 끝자락 농가를 떠났다. 인구와 용하 아저씨는 처음으로 전마선의 황포 돛을 높이 달았다. 밀물 때를 만난 전마선은 순풍을 타고 장산도와 화원반도 해협을 거쳐 용출도와 압해면 사이 바닷물을 갈랐다. 용출도 산자락으로 저녁노을이 비낄 무렵이었다. 드디어 우리 일행은 용출도 뱃머리에 닻을 내렸다. 나는 전에 내무서장이 다녀갔던 용출바위 뱃머리로 껑충 올라섰다. 방조제 둑 위 황톳길 너머 밭이랑에서 웬 흰옷을 입은 사람의 모습을 보았다. 선착장에 노를 올려놓고 뒤따르던 인구 아저씨가 소리쳤다.

— 저기, 어머니요!

이어 아버지가 말했다.

— 네 엄마다!

나는 한달음에 황톳길 너머 밭이랑으로 달려갔다.

— 엄마!

나는 어린애처럼 울먹이며 엄마에게 다가섰다. 오른쪽 바지
안 호주머니를 만졌다. 그리고 이번에는 위기일발의 네 살 적 팽
이 소년 대신 생환의 증표로 바지 안 호주머니에서 엄마의 쌍가
락지 금반지를 꺼내 보였다.

— 다행이다. 너희들이 떠난 다음날 새벽 저 뒷개 뭍에서도,
저쪽 압해면 장감리에서도 죽창 든 자위대원들이 찾아와선 설치
고 다녔다.

나는 엄마의 왼쪽 발목을 살폈다. 떠날 때와 같이 여전히 석고
붕대가 감겨 있었다. 나는 엄마의 한쪽 어깨를 잡고 뒤돌아섰다.
방조제 아래쪽에서 밀물이 갯벌을 적시고 있었다.

— 네가 잡아 준 숭어들도 밀물 따라 다시 찾아오는구나.

나는 엄마의 겨드랑이에 어깨를 넣고 외딴집으로 들어갔다.

다음날 이른 새벽이었다. 나는 갯벌의 석화 밭에서 머리를 숙
이고 굴을 캐기 시작했다. 그때 용출도 방조제 끝자락에서 제트
엔진의 폭발음이 들렸다. 그 소리는 천둥 우레가 멀어지듯 흰 연
무를 그린 채 사라졌다. 이제 전선의 가파름도 한풀 꺾이는 기세
를 보이고 있었다. 가끔 거대한 B29의 전폭기가 하늘을 가르고
지나갔다. 불현듯 나는 송림 속 내 피신처를 떠올렸다. 그곳에서

구도(龜島)를 아는가❶

한 바구니 캐냈던 한 무리 도라지꽃들을, 짙푸른 꽃잎새들을 찾아 나섰다. 아직도 송림 속 도라지꽃 잎새들은 아침 이슬을 머금고서 한가득 피어나 있다.

― 기다려줘서 고마워.

나는 도라지꽃 잎새들에 입을 맞추곤 한 아름 묶었다. 그리고 엄마의 침상 옆 탁자에 놓인 작은 항아리에 짙푸른 도라지 꽃다발을 꽂았다.

― 은은한 풀잎 내음이 포근하구나.

엄마는 도라지꽃 특유의 내음을 찾으며 코를 벌름거렸다.

― 이 보라색 도라지꽃 별무늬도 엄마와 함께 밤하늘의 별에 기도하듯 우리의 아픔을 달래주었구나.

엄마는 시를 읊듯 조용히 말하며 잔잔한 미소를 나에게 보냈다.

― 엄마, 장산도 선착장에서 자위대원한테 붙들려 갈 때 아버지는 인민군에게 장 부잣집을 찾아왔다고 했는데 장 부잣집이란 누구네 집이야?

― 아버지가 말을 잘못했다. 그 장 부자란 사람은 아버지의 보성전문학교 선배이시다.

― 그런데 왜 우리를 잡아 가두었어요?

― 공산주의자들이 가장 싫어한 말은 부자라는 낱말이다. 부자란 자본주의 숭배자이거든. 선대가 신안군 출신 양반가로 항

일운동도 하고 부자였거든. 그래서 얼떨결에 말했겠지.

— 그럼 외할아버지도 알겠네요.

— 그래 그분은 상해임시정부 요인이었지.

나는 어렴풋이 왜 아버지가 장산도로 피신 갔으며 용출도를 출발하기 전 아버지의 제자인 인국 씨가 다녀갔는지, 그리고 엄마가 방첩대에 끌려갔는지 안갯속 베일을 벗기듯 생각을 좇았다.

1950년 6월 24일에서 8월 중순에 이르기까지 근 두 달 동안 목포에서 다도해를 헤맨 끝에 우리는 자유를 되찾았지만, 엄마의 왼쪽 발목은 6·25전쟁의 상흔처럼 여전히 으깨어 뭉개진 채 뒤뚱거렸다. 나는 뒤뚱거리는 엄마의 왼쪽 발목을 바라보노라면 애먼 다른 많은 이념전쟁의 희생자들의 고통을 떠올렸다.

그러나 그때 엄마는 세상에 무서운 게 없었다.

나는 북교초등학교 입학식을 마치고 검정 교복에 검정 교모를 이마 아래로 눌러쓰고 엄마와 함께 북교동 엿 공장에서 흰 엿가락을 사 들고 신작로를 따라 두 짝 대문 달린 대리석 돌담집 앞을 지나갔다. 그때 엄마는 나에게 약속했다. 엄마도 저 집으로 이사 온다, 라고 말했다. 엄마는 이태 후 봄날 나의 손을 잡고 자목련 꽃잎 피고 향내 짙은 천리향 꽃나무들이 심어진 정원 집으로 이사를 왔다. 그때 엄마는 세상에서 무서운 게 하나도 없어 보였다. 그러나 그 정원 집 안마당에서 엄마는 여름철이면 매일

같이 나와 같은 또래 아이들의 손을 잡고 데려와 등줄기에 물을 끼얹고 비누질을 하고 때를 밀 때였다. 유달산 오포대에서 정오를 알리는 사이렌 소리가 들렸다. 대청으로 올라앉은 굶주린 아이들에게 엄마는 점심을 차렸다. 그날 이후 나는 엄마를 그 아이들에게 빼앗겼다.

6·25전쟁의 휴전과 함께 엄마의 일상은 또다시 옛날처럼 되풀이됐다.

엄마의 왼쪽 발목은 주먹처럼 한 덩어리가 되었지만, 엄마는 북교동에서 구례섬과 용출도로 출입이 빈번해졌다. 목포역 광장에서 배회하는 부랑아들의 손을 잡고 북교동의 안마당으로 데려와, 그들의 등줄기에 물을 뿌리고 비누질을 하고 때를 미는가 하면 또다시 구례섬으로 그들을 데려가곤 했다. 나는 날이 갈수록 엄마의 얼굴을 볼 수 없는 날이 많아졌다.

<hr>

주≫

4) 관세음보살 몽수경(觀世音菩薩 夢授經)은 관세음보살께서 재난을 당한 사람의 꿈에 나타나 설한 몽수경(夢經)으로, 모든 재앙을 흩어 버리는 큰 힘을 지니고 있다함. 조석으로 지극한 마음으로 몽수경을 독송하면 재난을 당하여 구원의 소원을 성취할 수 있다는 불가의 신통경이라고 함.

제1부 新安으로 가는 길

다시
찾아온
방첩대원들

　　　　　　　　　　1 · 4후퇴 후 만 1년 2개월의
　　　　　　　　여름날이었다. 아침부터 웬 해병
　　　　　　　대 복장을 한 청년 두 사람이 북
교동 집 중문으로 들어섰다. 낯선 청년 두 사람은 때마침 등교하
려는 나를 가로막았다. 엄마를 연행하려고 했지만 부랑아들을
씻기고 있는 모습을 보곤 나에게 물었다.

　— 학생, 잠깐 방첩대에 다녀오면 된다.

　부랑아를 씻기고 있던 엄마는 화들짝 놀라 나를 연행하려는
청년들을 제지했다.

　— 방첩대요? 등교하는 학생은 학교에 가야지 왜 방첩대를 갑
니까.

　— 사모님, 저 모르시겠습니까. 6 · 25 때 선생님에게 사모님
이 방첩대에 계신다고 연락했던 선생님의 유도 제자입니다.

— 그러셨습니까. 감사합니다. 그런데요?

— 구례섬으로 사모님 싣고 가신 후 선생님하고 어떻게 됐습니까. 학생은 그때 어디 있었어요.

그때 낯선 청년이 신문조로 말한다.

엄마는 부랑아의 때 미는 일을 보모에게 맡기곤 대청으로 두 청년을 올라오게 했다. 낯선 청년은 대청에 걸터앉았다.

— 학생 신분증 좀 봅시다.

나는 장산 선착장에서 인민군을 거쳐 내무서원에게 옮겨진 후 물속으로 들어가 정신을 잃었다. 그때 수레에 실려 내무서로 끌려 갔던 악몽을 다시 떠올렸다.

— 신분증이 구겨졌는데요?

나는 이들에게 장산에서의 전말을 말하고 싶지 않았다.

— 학생, 연락하면 경찰서로 출두해야 합니다.

나는 등교를 포기한 채 엄마 곁에 붙어 있었다.

— 이보세요. 공부하는 학생을 오라 가라 하는 것은 교육상 도움이 못됩니다. 아예 방문 목적을 여기서 말하세요.

안면이 있는 청년은 엄마의 요구대로 낯선 청년에게 방문 조사서를 작성하도록 지시했다.

— 사모님께서는 6 · 25 당시 방첩대에 가시어 고문당하신 사건에 대해서는 국가 상대로 소송을 하시면 됩니다. 그러나 한 가지 묻겠습니다. 유도하신 분 Y씨를 아시죠?

— 학생 아버지의 유도 제자였죠.

— 그때 Y씨가 무슨 일로 사모님을 만나러 용출도에 다녀가셨던가요.

— 이보세요. 그때 세상이 몽땅 빨갱이 세상이 됐는데 뭣 때문에 왔겠습니까.

— 섬에 가만히 계셨으면 되는데 왜 바다로 피난 나섰습니까?

— 원래 방첩대가 빨갱이 잡는 일 아닙니까. 한데 내 발목을 이렇게 만들게 한 게 누구 때문에 일어난 것입니까. 말하자면 진짜 이북 빨갱이는 못 잡고 양민을 고문하고 바다에 수장해온 게 방첩대가 아니었던가요.

낯선 청년은 곤혹스러운 표정을 지었다.

— 그때 Y씨가 찾아와서 사모님에게 무슨 말을 전했던가요.

— 그분이 한국땅에 살아 있다면 대질심문하면 되겠군요.

— 선생님을 피신시키라고 했던가요.

— 그분은 부모님을 대하듯 우리를 따랐었죠. 오히려 그 반대였으니까요. 피신 가면 안 된다구요.

— 그런데 선생님은 왜 피신을 떠났습니까.

— 방첩대에서 빨갱이 아닌 저를 빨갱이로 몰았지요. 원래 책에서 배운 공산주의 학습효과는 아닌 사실을 사실인 것처럼 그렇게 만든다는 것을 저는 방첩대에서 고문당하고 깨달았어요. 말하자면 가짜를 진짜로 만드는 게 고문효과지요. 일제강점기에

서 해방은 됐지만 온 나라가 반탁, 친탁으로 인해 이념을 앞세워 진짜 반탁의 선구자 김구를 위해 항일운동을 했던 항일 가족인 나는 외려 빨갱이의 공범으로 낙인찍어서 방첩대에 끌려간 게 아니었던가요.

— 그런데 사모님은 왜 선생님을 피난을 떠나게 했습니까.

— 생각해보세요. 진짜 빨갱이는 잡지 못하고 가짜 빨갱이들만 족쳐서 나처럼 학생 아버지가 죽거나 불구로 만들 수 있지 않습니까.

— 그러니까 6·25전쟁 때 찾아왔던 Y씨는 외려 선생님의 피난을 반대했었단 말이죠?

엄마의 방첩대 연행 사실을 알려 주었던 그때 청년은 Y씨의 방문 목적을 말했다.

— 결과적으로 그랬었죠. 그러나 처음에는 학생 아버지의 생각은 자기가 피신을 해야 할 이유가 하나도 없었다고 생각했죠.

— 왜죠?

낯선 방첩대원이 다그쳤다.

— 목포 사회에서는 이미 학생 아버지는 자기 형에게 받은 유산으로 일제강점기에서 형님의 부탁으로 잠깐 머물렀던 경찰직을 내놓고 구도재생원을 창설했고, 유도를 통한 청년들의 개도에 몸바쳐왔다는 사실을 다 알고 있지 않습니까. 본인 생각도 그랬었죠.

― 그렇다면 피난을 가지 않았어야 하지 않았습니까.

― 그렇지만 가짜 빨갱이들은 학생 아버지가 피난을 가지 않았다면 또다시 나처럼 불구로 만들었거나 수난당했을 겁니다. 마치 6·25 때 한강 폭파로 피난을 가지 못했던 서울시민은 1·4 후퇴 때 중공군 인해전술로 다시 폭파된 한강 다리를 필사적으로 건너 피난 나섰던 건 6·25의 고초를 경험했었기 때문이 아니었습니까.

― 그래서 학생 아버지와 이 학생을 피난길에 떠나게 했다는 겁니까?

― Y씨가 찾아왔던 건 순수한 사제간의 의리 때문이었지요. 오히려 피난을 반대했었죠.

방첩대원은 잠시 머뭇거린 후 다시 입을 열었다.

― 방첩대에서 사모님을 고문한 방첩대원은 피살당했습니다.

지면의 방첩대원이 말했다.

― 언제 말입니까.

― 수복 후 방첩대 지하실에서 발견됐습니다.

― 안 됐군요. 나를 이렇게 만들었던 이유를 그 사람 입으로 들어보고 싶었는데……

― 사모님, Y씨는 지금 교도소에 있습니다. 곧 석방될 겁니다.

지면의 방첩대원이 말했다.

― 한때 목포 내무서장을 지냈지만 사실은 지방 빨갱이들을

감시하고 무모한 양민 학살을 예방하기 위해 내무서장을 자청하고 나선 게 아니었다면 목숨이 파리 같은 그 공산 치하에서 용출도로 나를 찾아왔겠습니까.

그들은 엄마의 말을 듣곤 우두망찰했다.

— 소련이나 이북 같은 곳에서 남쪽으로 남하한 사람들은 공산주의라는 이념과 실생활과 전혀 다르다는 것을 체험으로 알았지만, 둘째 아들 나이의 그때 대학생들은 공산주의 이념적인 선전술에 모두 현혹되어 한때 무산대중 이론에 빠지기 마련이었지요.

— Y씨가 용출도를 찾아온 것은 피난을 가지 말고 섬에 계실 것을 당부하러 왔었단 말인가요?

— 그렇죠. 그러나 그때 내가 당신들한테 당한 후로는 나를 해코지 한 사람이 그 자리를 뜰 때, 인간이란 떠날 때 해코지를 하는 경우가 많지요. 그래서 저와 같은 처지를 당하지 않기 위해 바다에서 떠돌다 다시 돌아올 때쯤에는 그들이 철수 후니까 화를 면하지 않았겠어요?

— ……?

— 제가 당신들한테서 당했으니까요. 그래서 Y씨는 피신을 말렸지만 나는 바다에서 피신하고 있으라고 했지요.

엄마는 나에게 처음으로 아버지가 장산도 장 부자를 들먹였던 것은 아버지의 보성전문 선배이고, 엄마가 종로경찰서에서 고초를 겪었던 바와 같이 장 부자 또한 목포와 무안에서 3 · 1만세운동에 주도적으로 가담했고, 외할아버지처럼 상해임시정부의 항일운동가라는 동지의식 때문이었다는 사실을 방첩대원들에게 말하지 않았다. 한 이념을 위해 반대 이념을 발본색원하려는 강력한 방패의 앞잡이가 방첩대라는 사실을 엄마는 자신의 발목의 상처를 통해 알고 있었기 때문이었을 것이다.

— Y씨는 아직 전향을 하지 않았습니다.

— 제 몸이 성하면 한 번 면회하죠.

엄마는 두 방첩대 청년을 보낸 후 다시 부랑아들의 때를 씻어내고 있었다.

회한만 남긴
둘째 형의
귀향

안방 엄마의 앉은뱅이책상 위에는 내가 어릴 적부터 보아왔던 손때 묻은 대학노트를 한데 묶은 일기장이 눈에 띄었다. 어쩌다 북교동 집에 머무는 날에는 책상머리에서 지나온 일들을 적곤 하셨다. 나는 엄마의 대학노트 첫 장을 열었다.

"이 세상에 태어나지를 말라. 나는 이 글을 쓰려 하는데 생각나는 대로 한마디씩 쓴다. 내가 목포에서 사십오 리 떨어진 무안군 중등포에서 과수원을 장만하여 고아 삼십 명과 함께 구례섬에서 보금자리를 잡고 성심껏 사는 것으로 목적하였다……"

아무것도 적혀있지 않은 2개월 동안의 공백 끝에 엄마의 일기는 다시 이어졌다.

"1950년 8월 중순을 지나 막내는 아버지와 함께 장산도에서 탈출했고 세상은 다시 제자리로 돌아왔지만, 돈암정 두 애들이 걱정이 된다."

"1951년 1월 4일 중공군의 개입으로 둘째는 함경도 여자와 셋째 딸과 함께 엄동 천리 길을 따라 목포로 내려왔다. 셋째 딸이 전하는 말로는 돈암정 집이 없었으면 아마 엄마를 보지 못했을 것이라고 전한다. 돈암정 한옥은 둘째 오빠가 한강 다리가 끊기고 피난길이 막히자 은둔생활 자금으로 집을 타인에게 넘겼다고 한다. 1950년 6월 23일 오빠는 사실대로 올케와 사귀고 있다는 것을 엄마에게 말했다면 세 식구 모두 그날로 목포에 내려갔을 것이다. 셋째 딸의 후회는 사실이었다."

6·25전쟁이 나고 3개월 후 용출도에서 북교동 집으로 돌아와 여전히 부랑아들의 때를 밀고 있었던 엄마는 1951년 1·4 후퇴로 귀향한 둘째의 가족을 우선 죽교동 92번지에 기거하도록 했다. 엄마의 일기는 다시 이어졌다.

"우리 집안에서 둘째는 나의 희망이었다. 하지만 기대했던 희망은 모두가 원망으로 내 가슴에 대못을 박았다. 회한만이 앞선다. 1950년 6월 23일 둘째가 셋째와 함께 목포로 내려왔었다면 나는 방첩대 3층에서 투신할 이유도 없었고 시아주버니가 나에게 주신 돈암정 집 또한 무사했을 뿐만 아니라 내가 원했던 규수를 얻어 손자들 재롱을 보았을 것이다."

　그동안 둘째 형에게 쏟았던 정성과 기대는 둘째 형이 달고 온 여자로 인해 산산이 무너졌다. 우리 가족은 둘째 형의 가족이 어떤 사람인지, 만난 적도 없다. 그러나 엄마는 폐결핵이란 병까지 안고 귀향한 둘째 형을 위해 아버지에게 바쳤던 정성을 몽땅 쏟았다. 결핵에 좋다는 뱀장어를 매일 같이 둘째 형의 여자에게 보냈고 구례섬을 왕래하면서 요양생활에 들어갔다. 조선 고유 혼례양식이라는 양가 상견례를 통한 혼례의식을 거치지 않은 고부간의 만남에서 두 여자 사이에 가로 쳐진 마음의 장벽은 엄마라는 당사자가 아니면 그 심정을 헤아리기 어려웠을 것이다. 하지만 엄마의 둘째 형에 대한 애정은 깊고 깊은 강물 같았다. 함경도 여자와 서울 토박이 여자 사이를 뛰어넘을 방법은 함경도 여자 스스로에게 달린 것이었다. 아들의 대를 이을 여자의 생산 여부를 알기 위해 산부인과 병원에서의 검사 결과는 두 여자에게 물러설 수 없는 결과를 남겼다. 엄마는 생산 능력도 없는 여자를 며느리로 삼을 수 없다는 것과 함경도 여자 또한 특유의 진퇴유곡에서 탈출할 결심을 필요로 했다.

1953년
마침내 엄마 곁을
떠나다

6·25전쟁 때 나는 목포상업
학교 3학년생이었다. 엄마의 원
에 의해 목포상업학교에 입학했
다. 1·4후퇴로 인해 서울에서 피난 온 유수한 일반대학 교수들
은 불안한 직장 탓으로 목포초급상과대학 교수로 들어왔다. 그
러나 중학의 학제는 6년제였다. 6·26전쟁 전에 서울의 유수
대학의 교수들은 피난길 연고지에서 신설된 대학의 교수 생활로
삶을 꾸려나갔지만 이념의 피해자인 나에게는 학문 발전의 수혜
자였다. 목포중학 3년을 수료한 Y군과 나는 장래의 진로에 골
몰했다. 그때 아버지는 실업계 중학에서 의과대학으로 진로를
바꾸도록 설득했다. 아버지의 설득에 공감했다. 북교동 중문을
들어서자 엄마의 손을 놓쳐버린 북교동 집 외딴방에서 깨우친
장래의 희망에 대해서, 장산도 탈출에서 자각한 이념의 무모함,

그리고 학구열에 경도된 동료 Y군과 의기투합을 떠올렸다.

그리고 북교초등학교 3년의 봄날을 떠올렸다.

"……엄마는 대문을 열었다. 행랑방을 지나 중문으로 들어섰다. 광 옆 쪽마루가 딸린 외딴방을 가리켰다. '네 공부방이다. 오늘부터 너 홀로 세상을 향해 걸어 나갈 준비를 저 방에서 쌓아가야 한다.' 엄마는 내 손을 뿌리치듯 놓았다……"

그날 이후 엄마를 부랑아들에게 빼앗긴 나는 장래의 희망에 대하여 골몰했다.

그 후 광주의과대학을 합격한 나는 엄마가 말한 대로 외딴방에서 엄마 곁을 떠날 준비를 했다.

엄마의 손을 잡고 서울 가회동 백부님의 임종을 다녀온 이래 난생처음으로 큰형이 꾸려준 짐보따리와 함께 목포역을 떠나 광주에 도착한 나는 철길이 지나가는 후미진 곳에 방 한 칸을 세 얻어 자취생활을 했다. 그리고 한해 뒤 엄마의 조언으로 벌교가 고향인 E씨 집으로 옮겼다. 그는 금남로 사거리에서 S외과의원을 경영하고 있었는데, 그 집 2층에서 E씨의 남동생인 고교 1년생과 같은 방을 사용했다. E씨는 나의 죽교동 유년시절에 목포상업학교를 다니며 5년을 하숙했고, 경성의학전문학교 졸업후 모교에서 외과수련을 마친 개업의사였다.

1955년 의예과 2년째인 유월 초순 한밤중이었다. 그때 지리산 토벌대 소속 전투경찰대원이 E씨의 S외과의원으로 지프차에 실려 왔다. E원장은 실혈로 인해 혼수 직전의 총상 환자를 수술실로 옮긴 후 나를 수술실로 불러들여 손을 씻게 했다. 난생 처음으로 수술 조수를 섰다. 환자는 복부관통 총상 환자였다. E원장은 척수마취를 했다. 환자의 체위를 모로 취하게 하고 복부 소독 후 메스로 늑골 아래를 가로로 절개했다. 나는 의대 졸업 후 군의관으로 근무 중 광주 상무대 77육군병원에서 그때 전투 경찰대와 비슷한 환자를 수술할 기회가 있었다. 그때 E원장에게 응급수술을 받았던 환자의 총상부위는 후복막에 위치한 콩팥의 총상 환자였음을 알았다. 복부 대정맥에서 가지를 친 신대정맥은 신장으로 유입된 정맥혈의 노폐물 여과를 거쳐 신동맥으로 유입되어 복부 대동맥으로 들어가는 혈액량은 심박출량의 20%를 차지하는 혈액량이다. 그러므로 신장의 총상에 의한 출혈을 보충할 전혈을 당시 개인의원에서 감당할 수 없었으므로 총상 환자의 시술은 상당한 위험 부담을 안고 있었다. 신장의 혈관으로 접근하려면 11번 늑골을 가로로 10cm 정도 절개해야 했다. 그러나 그 환자의 신동·정맥 출혈부위는 지혈됐지만 격전지 지리산에서 후송 중 과다출혈로 수술 후 의식을 회복하지 못 한 채 사망했다. 그 후 E원장은 당시 환자의 수술 충격으로 인해 개업을 포기하고 서울의 K의대 해부학 교수로 전직했다.

숙명…
그리고
천사와 인연

엄마 곁을 떠난 나는 광주의과
대학 의예과 2년 동안 비슷한 황
경 속에서 자유스럽게 성장했던
급우들과 함께 의예과 2년 동안 음악으로 뭉친 교우관계를 맺었
다. 정든 동급생 피아니스트 M, 바이올리니스트 H, 클라리넷 L
의 세 의예과 졸업생을 뒤로 하고 엄마와 최거덕 아저씨의 조언
을 받아들여 1953년 S의과대학 본과 1년의 편입시험에 합격했
다. 6·25전쟁으로 피폐했던 한국에서는 기초의학을 마친 후
세계를 향한 외국 의료기관으로 도약하려면 S의과대학으로 옮
기는 게 나의 장래 계획을 실천할 수 있다는 이유에서였다. 앞으
로 한국에서 4년만 의학 교육을 마치면 외사촌인 최거덕 아저씨
의 자녀들이 유학 중인 동부 존스홉킨스대학의 의과대학 수련의
사가 되는 게 그때 나의 희망이었다.

폐결핵으로 요양생활을 마친 둘째 형은 서울 종로 조흥은행 본점 영업부에 입사되었다. 나는 엄마의 주선으로 서대문구 냉천동에서 둘째 형 내외와 서울 생활을 시작했다. S의과대학은 토요일마다 치르는 주말시험 준비로 다른 시간 여유를 낼 수 없었다. 해부학, 병리학, 생화학, 생리학 등 평생 의사로서 뇌리에 각인해야 할 기초의학의 관문을 뚫고 학부 2년으로 진급했다. 그러나 어려서부터 개방된 가정에서 자란 나는 타율적인 강압에 의한 틀에 박힌 S의과대학의 수도원 생활 같은 학교 규율은 숨막힐 지경이었다. 아침 8시까지 등교하면 채플 예배를 위해 강당에 출석해야만 했다. 학교장 K씨는 자기 손금 보듯 학생들 출석 사항이나 복장, 조발, 손톱의 청결에 이르기까지 군대 사열하듯 채플 강당 앞에서 검사를 받아야 했다. 아버지의 불교사상 영향 탓으로 학교생활에 염증을 일으켰다. 나의 학교생활에 대한 갈등을 엄마에게 말했다. 엄마는 최거덕 외사촌에게 나의 학교생활에 대해서 말했다. K학교장은 신설된 부산대학교 의과대학 C학장 앞으로 제출하는 추천장을 나에게 주었다. 편입시험 결과 서울대학교 물리대 출신 2명은 학부 1년에, 나는 학부 2년에 편입시험에 합격했다. 나는 서울 냉천동 생활 만 2년 만에 둘째 형과 헤어졌다. 그리고 부산으로 옮긴 후 형의 집을 찾아갔다. 동대문구 전농동으로 이사했다. 형수에게 6, 7개월쯤의 사내아이가 있었다. 형수는 결국 함경도 특유의 진퇴유곡에서 탈출수

단을 선택했고 전농동으로 이사했던 것이다.

이듬해 둘째 형은 폐결핵이 재발되어 은행 생활을 접고 목포로 낙향하였지만, 외려 부모님의 숙명적인 구도재생원에 반기를 들었다.

나는 서울 생활을 접고 부산으로 떠나는 아침이었다.

— 엄마 욕심이 지나쳤어. 너를 그냥 광주의과대학에서 졸업하도록 했어야 했는데……

아버지 말대로라면 우리 집안의 운명은 달라졌을 것이다.

그러나 엄마는 안타까워했다.

— 내가 네 아버지를 만나기 전 외국유학을 가려고 일본을 다녀온 것처럼 아마 부산이란 그곳에는 너를 기다리는 운명이 있을 것이다.

엄마는 나를 통한 외국유학의 꿈은 또다시 좌절됐다. 그러나 아버지는 한국전쟁을 피해 나와 함께 용출도 뱃머리를 떠나는 심정으로 부산까지 동행했다.

— 한데 이곳 부산에서 어떻게 지내나. 서울에 비해 모든 게 뒤지는데……

아버지의 한마디는 사실이었다. S의과대학에서의 교과과정은 마치 최전선에 투입된 수색대원의 행동지침처럼 빈틈이 없었다. 죽느냐, 사느냐 의대 생활은 적과의 대치상태였다. 유급하느냐 진급하느냐 살얼음판이었다. 한마디로 동정 없는 치열한 경쟁

생활이었다. 한데 나는 갖은 경쟁과 고초를 다 뚫고 왜 낙후된 부산으로 내려가려고 했던가. 운명이란 거역할 수 없는 어떤 부름이었을 것이다. 마치 보기 싫은 사람을 마주 보는 심정이라고 할까. 서둘러 피하고 싶은 심정처럼 나는 그곳 S의과대학을 탈출했다. 아마 운명적인 결정이었을 것이다.

부산에 내려온 후 안정을 되찾고 졸업시험을 앞둔 때였다. 서울에서 대학을 나온 충청도 처녀를 만났다. 아버지와 할머니 그리고 처녀의 여동생 등 단출한 가정에서 할머니 사랑을 듬뿍 받고 성장한 처녀였다. 나는 그녀의 조용하고 한결같은 성격에 처음으로 사랑에 빠졌다. 엄마에게 연락했다. 목포에서 부산으로 오셨다. 흔쾌히 결혼식을 목포에서 준비했다. 처가 쪽에서 처제 한 분과 장인과 고모님이 오셨다. 결혼식은 성대했다.

B육군병리연구소에서 W야전의무연구소로 전출받고 아내가 있는 목포로 갔다. 아내는 시부모 사랑을 몽땅 받았다. 형수들 부러움을 샀다. 그리고 아내는 시부모에게 손자를 안겨주었다. 아버지는 무릎에서 손자를 내려놓을 생각이 없었다. 6 · 25전쟁 때 용출도에서 내가 엄마를 보살피듯 아내 또한 한결같은 마음으로 시부모를 모시고 고아 아이들 마저 돌봤다. 탁이 엄마가 된 아내는 나에게 엄마에 대해서 이렇게 말했다.

— 어머니는 아침만 드시면 고아 아이를 데려와 저 마당에서 옷을 벗기고 목욕을 시켜요.

나는 아내의 말을 듣고 나의 초등학교 3학년 때 일을 떠올렸다. 여름의 어느 날이었다. 북교동 집 중문 안마당 위쪽으로 장방형의 큰 물탱크에 수돗물이 가득 차 있었다. 엄마는 대여섯 명의 고아 아이를 데려와선 수도꼭지에 연결된 고무호스를 고아들의 등줄기에 대고 물을 흘려 비누질을 했다. 그리고 꼬치를 두 손으로 가리고 있는 다음 아이의 등줄기에도 물을 끼얹고 비누질을 했다. 마지막에는 온몸에 누룽지처럼 덕지덕지 낀 때를 말끔히 벗긴 후 기다리고 있는 아줌마에게서 새 옷을 받아 입히고 밥상을 차리도록 했다. 그런 엄마의 모습을 나는 일상의 한 부분처럼 지켜보면서 성장했다. 나는 목포 목원동 C서점에서 구입한 어느 시인의 시작 노트를 아내에게 보여주었다.

부랑아들의 때를 미는 어머니

누룽지가 된 가슴과 등판에 저린 부초들의 때를 미는 모습은 조선의 영원한 어머니의 증표이다. 누가 저렇게 길가에 버려진 자식들을 집으로 손을 잡고 지도를 그려놓은 듯 온몸이 때에 저린 천사들을 자식처럼 씻기고 옷을 입히고 먹이고! 그들의 몸은 어머니의 손 가는 곳마다, 손끝에서 몸은 맑아지고. 아! 부질없는 나의 시름이여! 내가 엮어 놓은 하소연이 너무 보잘것없구나!

엄마의 목욕시키는 모습을 우연이 중문을 들어서며 목격하였다는 어느 시인의 시작 노트였다.

1960년 4월 19일이었다. 엄마의 분신 같은 아내를 때어놓고 전속된 부임지로 가기 위해 목포역을 출발했다. 정오 무렵 서울역에 도착할 때쯤 차내 방송을 통해 영등포역에 하차한다는 안내방송이 있었다.

그즈음 세브란스병원 정문 부근에서 시위대를 향한 최루탄 발포와 소방차의 물세례로 거리는 난장판을 이루었다. 소방차 서너 대는 까만 교복의 학생들에 의해 점령되어 그야말로 전쟁판이었다. 드디어 4·19학생 시위가 벌어졌다. 열차는 영등포역에서 승객들을 토해냈다. 영등포역에서 원주야전의무시험소에 귀대한 후였다.

"국민이 원한다면 물러가겠다."

1960년 4월 26일 이승만은 하야성명을 남기고 이화장으로 떠났다. 그날 이후 1965년 7월 31일 대구 제2군사령부 예하 의무참모부에서 제대하기까지 나는 많은 별들이 뜨고 졌음을 목격했다. 그리고 그들은 하나같이 역사의 심판 속에서 한 줌 흙으로 돌아갔다.

구도(龜島)를 아는가❶

한번도 끼지 않은
쌍가락지의
내력

1961년 5월 중순쯤이었다. 나는 강원도 양구로 전출명령을 받고 목포 북교동 집으로 내려갔다.

돌을 지난 어린 탁은 자기 엄마의 얼굴을 볼 겨를도 없이 할아버지 무릎에서 떠날 줄 몰랐다. 엄마는 큰누나의 뜻을 받아들여 새 부임지인 양구로 나와 함께 탁이 어미를 함께 보낼 작심을 하고 있었다. 그러나 엄마의 속마음은 계속 탁이 어미를 곁에 붙들어 두고 싶어 하는 마음이 간절한 눈치였다. 하룻밤 지난 후 아침이었다. 엄마는 아침도 거른 채 나와 탁이 어미를 안방으로 불렀다.

— 일 년여 동안 집에 탁이 어미를 붙들어 두었던 건 집안일을 도맡아서 나를 도와줄 어미가 필요했단다. 내 나이 61세로 아직 일할 나이가 아니니. 어미가 와서부터 집안일을 잊고 구도재생

원을 이끌어 나갈 수 있었다. 둘째 시아주버니는 아직 요양 중이어서 둘째 어미가 그 뒷수발을 하고 있고, 큰 시아주버니는 극장을 하신다고 시간이 없고, 탁이 할아버지는 젊은 청년들 유도를 가르치신다고 유도장으로 매일 같이 나가시고, 둘째 고모를 구례섬에 와 있게 했다. 그렇지만 탁이 어미를 무작정 내 곁에 붙들어 매어두고만 있을 수 없지 않니.

엄마는 콧물을 휴지로 훔쳐내며 문갑의 두짝문을 열고 조그마한 자개함을 꺼냈다. 그 안에서 연초록 비취 쌍가락지를 끄집어냈다.

— 이건 말이다. 내가 상주소학교 낙동분교에서 학동들을 가르칠 때였다. 그때 낙동분교 학동이었던 지금의 시아버님의 어머니셨던 김규선 씨, 그러니까 그 후 나의 시어머니가 되셨던 분에게서 생전에 받은 비취 쌍가락지다. 42년 전에 내가 5년간 진명학당 장학금으로 졸업 후 은사의 소개장을 받아 친정아버지를 하와이에서 만나려고 일본의 선교사를 찾아갔었지만 선교회 장학금을 바로 얻지 못해 하와이로 가는 것을 접고 집으로 돌아왔었다. 그때 어린 나이에 하와이에 갈 수만 있다면 그곳에서 아버지를 만날 수 있고 외국에서 공부도 하고 서울 집도 살아갈 길이 열릴 것이라는 생각으로 일본에 갔었다. 그러나 뜻한 대로 안 되어 우선 집안 생계를 위해 집에 돌아온 나는 성냥공장을 차렸다. 그러니까 탁이 아범의 이모가 되지. 진명학당을 졸업한 금란 이

구도(龜島)를 아는가❶

모에게 성냥공장을 맡기고 창룡 동생은 중동중학을 졸업하고 경
성전차회사에 취업한 후 동생들에게 집안 살림을 맡기고 낙동으
로 내려갔었지 않았니. 이상하게도 그때 우리 나이 또래는 주권
을 잃은 나라를 다시 찾으려면 어떠한 일도 마다하지 않았다. 더
구나 항일 가족들은 마치 부모 잃은 딸들처럼 친정 부모를 그리
워하는 심정이라고나 할까, 모두가 우국지사의 심정이었다.

— 이 반지가 어떻게 됐다는 건데요.

나는 엄마의 일기에서 읽은 적이 있는 비취 쌍가락지에 대한
내력을 재촉했다.

— 집안이 좀 안정되자 다시 진명학당 은사를 찾아가 소개장
을 받고 은사의 고향인 경상북도 상주에 있는 상주소학교에 부
임했었다. 거기서 자원해 간 곳이 낙동면 낙동분교였다. 그 분교
에서 나는 그 당시 탁이 할아버지 또래의 상투 틀고 다니는 학동
들을 가르쳤단다. 낙동에도 일본 헌병과 순사들이 설치기 시작
했었다. 어떻게 알았는지 나를 주재소로 호출하지 않았니. 그들
은 항일운동을 하는 친정아버지와의 연락이 있는가를 탐색하러
왔었다. 그 낙동분교에서 교사 생활을 접고 떠나기 전 분교 학동
인 용근의 집으로 갔었다. 용근은 탁이 할아버지의 어릴 적 아명
이었다. 자기 아버지는 어릴 적 돌아가시고 도현이라는 형님이
계셨다. 그 형님은 그 고을에서 부농에 속했는데 재치가 있으시
고 당시로는 이재술(理財術)이 뛰어나셨다. 전라도 지방 염전(鹽

田)에서 소금을 싣고 낙동강을 따라 낙동리 뱃머리에 닿게 하여 소금 가마니를 창고에 실어 날랐단다. 정미소를 짓고 탈곡하여 일본으로 무역하고 말이다. 내가 낙동에 있는 동안 도현 씨는 나이 30을 좀 지나서 벌써 그 촌락에서는 부농에 속했단다. 한데 내가 낙동을 떠난다고 하니까 요즘 생각으로 가정방문하는 교사에게 자기 자식을 위한 인사로 선물을 주는 것으로 나는 생각했었다. 그때 용근 어머니가 나에게 이 비취 쌍가락지를 주신 것이다. 그날 이후 나는 네 시아버지에게 얽매인 신세가 되었다. 그렇지만 그 후 시아주버니께서 내가 낙동으로 내려오기 전에 낙동의 선친 친구분의 딸과 어려서부터 혼례할 것을 언약하여 민며느리를 삼았는데 어떤 이유에서인지 모르겠으나 그 후 두 집안의 합의로 시아주버니는 전답 문서를 주고 낙동에서 떨어진 선산에 집을 사 주어 홀로 살도록 하셨단다. 만일 내가 낙동에 내려오지 않았다면 아마 지금의 탁이 할아버지는 낙동에서 촌부로 일생을 마감했을 것이다.

— 엄마, 42년 동안 이 반지를 끼지 않고 왜 보관만 하셨어요?

— 그래 이 비취의 내력을 말하겠다. 이 반지는 말이다. 사실은 용근 어머니가 민며느리에게 주려고 했었다. 한데 용근 학동의 신학문 진학 문제로 자주 초대하곤 했던 게 마음이 변하셨는지 내가 떠난다고 인사차 들렸는데 그날 처음으로 나에게 이 반지를 보이고는 말로는 나에게 선물로 주셨지만, 후일 시어머님

의 속내를 알고도 남음이 있었어. 나를 그때 용근 학동의 배필로 마음에 두고 계셨던 거지. 큰며느리가 보는 앞에서 나의 왼쪽 약지에 이 비취 쌍가락지를 끼워주셨다. 그러면서 용근 학동의 신학문을 부탁한다고 당부하셨다.

엄마는 탁이 어미의 왼쪽 약지에 쌍가락지 비취반지를 끼워주었다.

— 임자가 따로 있었구나. 너무 어울린다. 너를 만나려고 처음으로 부산에 다녀온 후로 이 반지를 네게 주기로 작심했다.

— 어머님 잘 간직할게요.

— 아니다. 늘 끼고 있어야 한다.

— 아니에요. 저도 어머니처럼 앞으로 마음에 드는 며느리를 맞을 인연이 되면 다시 물려주어야죠.

탁이 어미는 다시 그 반지를 자개함에 넣었다.

그리고 엄마는 탁이 어미를 뚫어져라 바라보았다.

— 어미에게 한가지 부탁하자.

— 무슨 말씀이신지요.

— 이 집을 떠나는 순간부터 어미에게 탁이 아범의 모든 것을 다 맡기겠다. 부탁한다.

나는 엄마의 일기장을 떠올렸다.

"낙동의 김규선 씨가, 그리고 정도현 씨가 나에게 용근의 신학

문을 받을 수 있도록 도와주고, 장차 법조인이 되도록 보성전문
학교에 입학하도록 도와 달라고 부탁했었다."라는 일기 내용을
다시 나를 위해 탁이 어미에게 대물림하는 것으로 생각했다.

몸뻬바지처럼
따스했던
계림동 생활

인정이 머문 곳은 계림동 골목 길이었다. 그러나 비정한 것은 형제였다.

엄마는 큰누나의 성화가 아니었다면 강원도 양구군 군부대로 전출된 나에게 첫애와 아내를 서울까지 데리고 오지 않았을 것이다. 천사를 만났던 엄마는 목포에 손자와 아내를 곁에서 떠나보내고 싶지 않았던 것이리라.

— 엄마는 이제 성탁 어미를 동생하고 함께 살게 해야지 언제까지 끼고 있어?

큰누나의 성화가 아니었다면 엄마는 적어도 몇 해는 더 곁에 두고 싶었을 것이다.

엄마는 손자를 안고 서울역에 도착, 우리는 양구로 떠나는 버스터미널 앞에서 헤어졌다.

양구 2사단 의무중대 군의관이었던 1961년 5월 16일 군사혁명의 소용돌이 속에서 전방 근무 2년 만에 아내는 양구에서 둘째를 낳았다. 그리고 다음해 5월 나는 후방 전출명령을 받았다. 아내는 시부모가 있는 목포로부터 가까운 군부대를 원했다. 다행이 육군본부에서는 광주 상무대 77육군병원으로 전출명령을 내렸다. 아내의 선택은 나를 다시 의예과 시절의 옛 급우를 만날 수 있는 계기를 주었다. 정말 인연이란 돌고 돌았다. 동료 군의관의 소개로 숙소를 계림동으로 정했다.

당시 군의관 봉급으로는 적자를 면치 못하는 처지였다. 계림동은 철길이 지나는 저지대 골목 초입부터 땅바닥에 물건을 놓고 파는 골목시장이 시작되는 곳이었다. 두 아이의 아내는 골목길로 난 붉은 벽돌집 바깥채 방 한 칸을 세 얻었다. 마당 건너 판자 울타리집 세 아이들은 점심때면 이쪽 마루의 두 애들과 아내의 점심 먹는 모습을 마주보고 있었다. 판자 울타리 사이로 그쪽 세 아이들은 이쪽 두 애들의 점심 먹는 모습을 바라다보기 몇 번 뒤였을까, 아내는 맞은편 세 애들 점심거리를 먼저 주고 난 후에 두 아이에게 점심을 먹이고 아내는 점심을 굶었다고 한다. 아내는 의료 혜택을 받지 못하는 동네 애들이나 부녀자의 치료를 나에게 부탁했다. 아내는 목포 시어머니에게 계림동 골목 동네 사

구도(龜島)를 아는가❶

정을 말했다. 엄마는 밀가루 한 포대를 아내에게 보내면서 두 애들 치닥거리에 틈이 없겠지만 음식을 장만해 이웃 애들에게도 주도록 했다. 아내는 버터와 계란 등속을 사서 반죽하여 도넛을 만들고 막걸리로 밀가루를 반죽하여 만든 찐빵을 이웃 아이들에게 나누어 주었다. 마당과 마주보는 판자 울타리의 아주머니는 애들 아빠가 양식이 없어 유서를 썼다면서 훌쩍인다는 것이었다. 쇠고기를 사다가 고깃국을 끓이고 쌀밥을 지어주었다. 나는 병원에서 링거를 가져와 영양실조의 그애들 아버지에게 주사를 놔주곤 했다. 애들 아버지는 품팔이하는 일용직으로 일거리가 없어 식구들은 굶기를 밥 먹듯 해왔다고 판자 울타리 여자는 아내에게 하소연했다. 아내의 이웃 자선은 계속되었다.

엄마와 아내의 계림동 이웃에 대한 자선이 단절된 것은 엄마가 목포적십자병원에 신장병으로 입원하고부터였다. 광주 계림동 골목 동네에는 저지대로 장마가 지면 골목 하수구가 막혀 집안은 물바다를 이루었다. 엄마는 둘째 형에게 조카들이 사는 집이 계림동 저지대여서 사글셋방을 얻어 옮겨야 한다는 부탁을 했지만, 계림동 나의 집까지 찾아와 두 애들이 자는 방까지 물이 차서 고인 물을 퍼내는 제수의 몰골을 수수방관하다 돌아갔었다. 엄마는 둘째 형의 표독스런 행동을 두고두고 가슴에 담았다.

나는 대구 소재 제2사령부 의무참모부로 전출명령을 받았다. 아내의 2년 동안 정들었던 계림동을 떠나는 날 오후였다. 광주역에는 때 아닌 인파들이 아내의 송별을 아쉬워하고 있었다. 계림동 골목 주민들이었다. 대표자격인 판자 울타리 부부는 내가 군 제대 후 광주에서 병원 개업을 하면 광주시내를 꽹과리 치며 선전을 자청하겠다, 했고 주민대표는 애들에게 울긋불긋 물들인 쌀과자를 한 꾸러미 안겨주었다. 그때 천사는 또 다른 천사들을 만나 가진 것은 없었지만 계림동에는 천사들이 머문 행복했던 나날이었다.

밀수사건과
위기의
구도재생원

1965년 7월 31일 나는 대구 대봉동 소재 제2군 의무참모부에서 7년 만에 만기제대 후 부산진구 서면에 터를 잡고 B대학교병원에서 무보수 산분인과 전문의 수련 생활을 시작했다. 그리고 1966년 6월쯤이었다. 산부인과 의국에서 의외의 전화를 받았다. B중부경찰서라고 한다. 둘째 형이 구치소에 수감 중이어서 보호자에게 통지한다는 것이다. 둘째 형하고는 광주 77육군병원 군 복무 중 계림동 저지대 골목 동네에서 아내와 함께 고생하던 그때 잠시 다녀간 이래 전혀 소식이 단절되었으므로 무슨 일로 B중부경찰서로 구치되었는지 알 수 없었다. 나는 바로 B중부경찰서에 갔다. 조사관은, 둘째 형은 구도재생원의 밀수사건에 연루된 화주라고 한다. 황당했다. 구도재생원은 부모님 특히 엄마의 생명과도 같은 구도(구례섬)가 있는 재생원이 아닌가. 나는 둘째 형을 면회했다.

1963년 12월 26일, 누구보다도 큰형에게 애정을 가졌던 엄마가 왜 큰형에게 구도재생원을 승계시키지 않고 둘째 형에게 구도재생원의 명의를 이전했는가, 그것은 의문이었다.

만일 백부님이 낙동에서 상투를 틀고 서당에 다니던 아버지를 경북 상주심상소학교 낙동분교로 부임한 엄마에게 개화기 신학문 교육을 받게 하고 중동중학교를 거쳐 보성전문 법학과 졸업, 조선 변호사 시험에 합격 후 아버지에게 일제 치하 경부보로 특채시키는 일을 부탁하지 않았다면 엄마는 시아주버니의 유산 5천 석을 받을 이유도 없었을 것이다. 더구나 목포 서북단 북항에 위치한 모개섬, 구례섬, 용출도를 매입하여 일제강점기에 사단법인 구도재생원을 설립할 이유도 없을 것이다. 엄마는 둘째 형에게 구도재생원을 맡기고 싶지 않았을 것이다. 그냥 그대로 상투를 틀었던 용근의 아내이자 첫째 아들의 엄마이기를 원했을 것이다. 하지만 아버지는 백부님의 간청을 받아들였다. 아버지는 형 도현 씨의 사망 후 엄마와 약속한 대로 사단법인 구도재생원을 설립했고 험난한 부랑아 사업에 투신하여 왔다. 이렇듯 애틋한 사연이 담긴 구도재생원이 밀수에 연루됐다니, 서슬이 시퍼런 군사정권에서 밀수범은 우선척결을 외치는 때가 아닌가.

둘째 형은 이 사건에 연루됐을 것으로 생각되는 자기의 목포

구도(龜島)를 아는가❶

상업학교 동기동창 K씨에게 연락을 취해달라는 것이다. 나는 전문의과정을 연수 중이었으므로 낮 근무시간의 외출은 불가능했다. 야간 당직자의 시간과 대체 후 아내와 함께 K씨를 만난 후였다.

— 당신, 어떻게 하려구?

나는 아내에게 사건의 실마리를 해결할 길을 물었다.

— 어떤 길이 있을 겁니다.

아내는 B세관 행정실장을 찾아가자 했다. 나는 B대학병원에 들러 아침마다 열리는 의국 초독회 토론을 마치고 입원 환자의 회진과 처방을 마친 후 의국장과 상의해 오늘 오후 수술 조수를 동료 의국원에게 부탁하고 개인 시간을 얻었다. B대학병원 외래 대기실에서 기다리고 있는 아내와 함께 버스로 C동에 내렸다. 아내의 걸음걸이며 자신감 있는 모습이 마치 어머니가 아버지를 대신해서 관청 일을 볼 때, 그리고 탁이 손자가 열이 나 소아과 의원에서 치료 후 잠들어 있는 손자를 안고 대기실에서 탁이가 눈을 뜰 때까지 기다리고 있었으므로 간호사의 채근을 당했다는 엄마의 행동을 떠올렸다. 무슨 일을 시작하면 그 일에 매달리는 것까지 시어머니를 대물림받았다.

B고등학교로 접어드는 길목 초입의 축대 윗집은 마치 일본의 어떤 궁성을 떠올렸다. 나는 아내를 따라 층계를 올라갔다. 고급 정원수들이 늘어서 있었다. 나는 철문 앞에서 벨을 눌렀다. 미리

연락이 됐는지 자동문이 열렸다. 200평가량의 정원을 지나 본체 출입문을 열었다. 응접실에는 고급 응접세트며 책장 등 가구들로 으리으리했다. 아내는 집사로 보이는 여자를 따라 별실로 안내됐다. 그리고 한 시간이 지났을까 아내는 집사를 따라 일체 대화도 없이 정원수를 지나 철문을 나섰다.

아내는 집에 도착할 때까지 일절 말이 없다. 동네 골목길 초입의 건물 벽체에는 나의 초라한 야간 개업의 H의원 아크릴 간판이 보였다.

병원 출입문 앞에서 아버지가 서성이고 계셨다.

저 서성이는 아버지의 모습. 6·25전쟁 피난길의 장산도 선착장에서 인민군에게 이끌려 바다 안으로 뒷걸음질 당하며 마지막 순간 보았던 아버지의 당당했던 모습은 아니었다. 아버지는 오롯이 백부에게 받았던 전 재산을 둘째 아들에게 맡긴 후 몸뻬바지에 흰 고무신을 신은 엄마의 모습만을 떠올리고 있을 것이다. 오롯이 속죄의 섬, 구례섬이 침몰하는 환영에 사로잡혀 있는 것 같았다. 호남선 끝자락 목포역 광장에서 배회하는 부랑아들의 손을 잡고 북교동 집으로 데려와 때를 밀고, 목욕을 시키고, 옷을 입히고, 먹을 것을 주곤 했던 엄마의 고난으로 점철된 일들을 시킨 가해자로서의 죄책감에 시달리고 있을 것이다.

구도(龜島)를 아는가❶

나는 H의원 앞에서 안절부절못하시는 아버지의 모습에서 속죄의 섬 구도재생원은 흔적도 없이 사라질 절박함을 읽었다. 아버지의 모습은 너무 왜소해 보였다. 아버지는 부랑아의 몸에 낀 때를 밀고 있었던 엄마의 손길들을 생각하면 가슴이 미어진 것 같았을 것이다. 36년 동안 엄마와 아버지의 박애정신이 한꺼번에 무너지려는 순간을 떠올리고 있었을 것이다.

아버지는 H의원 현관을 향해 오르락내리락 초조한 걸음걸이를 되풀이하고 있었다.

— 어미야, 어떻게 됐느냐?

— 집으로 들어가서 말씀드리겠습니다.

아내는 아버지의 오른쪽 팔을 잡고 집으로 들어갔다.

— 아버님, 너무 걱정하지마세요. 행정실장님이 우리 일을 도와주시겠다고 약속했으니까요.

— 어떻게?

— 화주도 모르게 구제물품에 밀수품을 넣어 통과시키는 경우가 가끔 있데요. 고의적으로 그러는 경우는 모르지만 시아주버니의 경우 화주 모르게 밀수품이 들어갔다고 해서 화주가 고적으로 그 밀수품을 집어넣도록 사주한 입증자료가 없는 한 의심은 가지만 확증이 없는 경우 풀려날 수 있데요.

— 의심은 가지만 확증이 없으면 풀려날 수 있다?

아버지는 두어 번 되풀이했다.

— 아버님, 이 사건도 그렇지만 먼저 보육원의 사무장에게 어떤 언질이나 말 상대를 삼가셔야 합니다. 다만 변심하지 않도록 다독여 드리세요.

— 무슨 말인지 알겠다.

— 내일 시아주버니 친구 K씨와 함께 검찰청 출입기자 H씨를 만나야 해요.

나는 식사량도 적고 연약한 아내가 걱정이었다. 어머니는 늘 그러셨다. 너는 뭘 먹고 사느냐, 하고 아내의 소식을 탓했다. 아내는 가끔 코피를 쏟았다. 만일을 걱정해서 의사와 동행이 필요하다. 이 사건을 해결하려면 주임검사를 만나는 일이 시급했다. 앞으로 오전 이틀 동안은 시간을 내야 할 것이다.

— 내일 H기자를 만날 때 K씨와 합석하면 어떻소.

— 그렇지 않아도 그렇게 하려고 해요. 뒷말 없도록 말이에요.

엄마와 내가 생각하는 것처럼 아내는 연약하지 않았다. 나와 살아온 과정에서 위기를 당하면 연약한 체질에서 초인적인 정신력을 발산해 왔었다. 당당하고 침착했다.

나는 아침이면 2층에서 들리는 아버지 독경 소리에 눈을 떴다. 뒤이어 탁이야, 하고 큰손자 부르는 소리가 들렸다. 그리고 어미야, 하는 소리가 뒤따랐다.

구도(龜島)를 아는가❶

아내와 함께 세관 행정실장 집을 방문하고 이틀째였다. 나는 오늘과 내일 이틀간을 산부인과 의국 야간 당직으로 교체하겠다고 의국장과 합의하여 아침 8시부터 오후 6시까지 이틀간의 개인 시간을 벌었다.

아내와 함께 나갈 준비를 하는데 오랜만에 시외전화다. 목포 북교동 집 엄마에게서 온 전화다.

― 엄마, 몸은 어때요.

― 그래 늘…… 어미 바꿀래?

― 네.

― 어머님 저예요. 식사는 하세요?

― 그래 조금. 어미한테 할 말이 있다. 괜찮지? 해방 후 말이다. 내가 평소 아는 통역관이 미군정청의 미군 장교를 데리고 구례섬을 찾아왔었다. 구도재생원을 적산이라고 협박해 섬을 빼앗을 작정으로 아버지를 찾아왔지 않았겠니. 그때 구례섬에는 나혼자 있었다. 내 나이도 아마 지금 어미 나이보다 몇 살 위였을 것이다. 구례섬 산정의 무화과나무 앞에 서 있는 나를 향해 군정청 군인이라는 미군은 허리춤에서 권총을 빼들고 위협을 하지 않았겠니. 나는 가슴을 풀어헤쳤다. 그 총부리로 이 가슴을 쏴라. 죽어도 이 섬을 빼앗기지 않을 것이다. 저 세 섬들은 원장님 형님에게 물려받은 유산으로 매입한 사유재산이다. 내 말이 거짓이면 어서 쏴라. 하고 대들었다. 총부리로 내 가슴을 겨눈 미

군은 한 발짝 물러섰었다. 어미야, 마지막으로 부탁한다. 아버지의 박애정신을 대대로 계승하도록 마지막 부탁이다.

— 어머님, 어머니처럼은 못하지만 구도재생원을 구해낼게요. 병원에서 좀 안정하세요.

엄마는 아내에게, 구도재생원의 위기 탈출을 호소했다.

아내와
검사
정면충돌

아내는 민낯에, 허리께 점퍼에 졸대바지 차림이다. 30대 초반의 여자에게는 당돌한 복장이다. 나와 아내는 검찰청 민원실로 들어섰다. K씨와 40대 중반의 H씨를 만났다. 두 사람을 따라 검찰청 뒤뜰로 갔다.

― 18호 검사는 오늘 오전 재판이 없습니다. 주임검사가 사건에 대해 물으면 화주는 모르는 일이라고 하세요.

H씨는 나와 아내에게 명함을 건넸다.

― 만일 무슨 일이 생기면 K씨에게 바로 연락하세요.

검사와 만날 시간은 오전 10시였다.

나와 아내는 두 사람을 민원실에 남겨두고 18호 검사실 문을 두드렸다. 여사무원은 용건을 물었다. 아내는 계장(검사서기)으로 짐작되는 직원 앞으로 다가갔다.

― 고아원 밀수사건으로 오셨죠?

그는 한 묶음 서류철을 주임검사 책상 앞으로 옮겼다.

― 화주와 관계는 어떻게 됩니까?

주임검사가 물었다.

― 저희 시아주버니입니다.

― 면회만 하시고 가시도록 하세요. 할 얘긴 공판정에서 말씀 하시고요.

검사는 이 사건에 대해 더 이상 구제의 길이 없다는 투로 기소 를 단정했다.

― 재판이 정해지기 전에 따질 일이 있습니다.

― 밀수했다는 것 말입니까.

검사는 젊은 여자의 언행이 당돌하다는 듯 고개를 곧추세웠 다.

― 누가 밀수했다는 겁니까.

― 화주가 고아원 원장으로 되어 있는 물건에는 거의 다 이번 처럼 고가 밀수품이 들어있어요.

귀찮다는 듯 지나가는 말로 대답했다.

― 화주도 모르는 밀수품을 누가 무엇을 넣었다는 말입니까. 저는 부모님이 구도재생원을 하실 때 고아들에게 부쳐온 구제품 을 다 검색했었습니다. 저는 한 번도 고가 밀수품을 발견하지 못 했습니다.

— 밍크 코트 같은 것도요?

검사는 습관적으로 증거품을 들먹였지만 아내에게 있어 그건 호재였다.

— 아니 구제품 속에 왜 고가 밍크 코트가 들어있습니까.

— 한 번도 아니고 여러 번 그런 일이 있었어요.

검사는 화주는 밀수상습범이므로 양형 참작의 여지가 없다는 것으로 아내의 항의를 일축했다.

— 아무리 잘 사는 미국이지만 미친 사람이 아니고는 새 밍크 코트를 구제품에 끼워 넣는 사람이 어디 있겠습니까. 그건 청탁을 받지 않고서야 그런 일이 일어날 수 있다고 생각하십니까?

— 뭐라구요! 누가 청탁을 했다고요?

젊은 여자가 감히 검사에게 청탁이라니. 검사는 이 건 밀수사건은 방심하다가는 공무원의 별건 뇌물 여부로 비화될 수 있음을 예감한 듯했다.

— 멀쩡한 몇 백만 원 하는 밍크 코트를, 구도재생원을 없애려고 청탁받지 않은 이상은, 저희들은 한 번도 구제품 속에 밍크 코드가 끼어들어 있었다는 말을 들어보지도 못했습니다.

아내는 검사가 예감했을 정곡을 찔렀다.

— 사실이 그런 걸 어찌합니까. 그런 주장은 선임변호사를 통해 재판정에서 주장하세요.

검사의 태도가 수긋하자 아내의 손바닥은 책상을 내리쳤다.

— 청탁받은 사실이 없다고 하신다면 검사님을 걸어 고소하겠습니다. 저희들은 일제강점기에서 해방 후 오늘까지 36년을 저의 시부모님께서 사재를 털어 부랑아동들을 거두어 가르치고 사회인으로 배출했습니다. 나라에서 상장은 주지 못할망정 구도재생원을 없애려고 청탁을 받지 않았다구요?

아내의 청탁, 청탁 소리에 주임검사는 고개를 뒤로 젖혔다.

— 이보세요. 왜 이리 급합니까, 진정하세요.

— 검사님은 법복을 벗으시렵니까 아니면 저의 시아주버니 무죄를 인정하시는 겁니까.

— 계장님하고 재검토해 봅시다. 오늘은 그만 돌아가세요.

주임검사는 잠시 평온을 되찾고서 계장을 향했다.

— 이 서류 공소 내용 다시 확인하세요.

아내의 청탁 소리에도, 손바닥을 내리치는 소리에도 침묵을 지키고 있던 계장은 기다렸다는 듯 자기 책상으로 다시 서류뭉치를 가지고 갔다.

두 사람은 검찰청 민원실에는 안 보였다. 청사 뒷마당으로 갔다. 담배꽁초들이 널브러져 있고 담배 연기가 자욱하다.

— 어떻게 됐습니까?

K씨가 아내에게 물었다.

— 계장에게 사건의 공소 내용을 다시 확인하라고 그러시네

요.

— 정말이요?

H기자가 아내에게 물었다.

— 네.

— 가만 계시는데 주임검사님이 그러시든가요?

H기자는 거푸 물었다.

— 사실이 그런걸요. 시아주버니가 구도재생원을 맡으시기 전에 저도 부모님 대신 구제품 보따리를 열어본 적이 있었어요. 아무리 잘 사는 미국이지만 새 밍크 코트를 구제품에 끼워 넣는 사람이 어디 있겠습니까. 화주인 시아주버니는 전혀 모르는 일이라고 했지요. 사재를 털어 부랑아동들을 먹이고 입히고 가르치고 사회에 진출시키고 36년간 이어 온 구도재생원을 없애려고 하지 않은 이상은……

— 오늘 정말 대단한 일을 하셨습니다. 검찰청에서 기별이 있으면 다시 연락드리겠습니다.

H기자는 신기한 듯 담배 한 개비를 다시 입에 물었다.

집으로 돌아왔다. 아버지는 손자 탁이와 함께 범어사에 가셨다고 한다.

나는 야간 당직차 대학병원으로 갔다. 산부인과 의국에서 환자 차트를 정리하고 있었다. 집에서 전화가 왔다고 간호사가 전해왔다. 아버지다.

— 범어사 가셨다면서요. 탁이 데리고요.

— 그래. 어떻게 됐니? 탁이 어미는 어디 나갔다.

— 탁이 엄마는 사실대로 화주는 모르는 일이고 아버지가 고아원을 경영하실 때 탁이 엄마가 고아원 일을 도왔잖아요. 그때도 고아들을 위한 구제품 보따리를 받은 적이 있었지 않아요. 그때 일을 말했어요. 구제품 보따리에 밍크 코트를 넣은 미국인은 없었다고요. 36년간 사재를 털어 구도재생원의 원아들을 먹이고 입히고 공부시켜 사회 일꾼으로 배출한 구도재생원의 원장에게 상장은 못 줄망정 화주도 모르는 밍크 코트를 구제품에 넣고 밀수를 했다고 하니 주임검사를 고발하겠다고 하면서 검사님 책상을 손바닥으로 쳤어요.

— 네 처는 네 엄마를 똑 빼닮았구나.

— 어떻게 되나요?

— 그게 수사관들이 흔히 상용하는 미필적 고의라는 경우에 해당된다.

— 그러면 재판은 없나요?

— 잘하면 기소유예는 받을 수 있겠다.

— 탁이 어미 들어오면 자세히 들어보세요.

그날로부터 며칠 후 둘째 형은 B중부경찰서 구치소에서 풀려나왔다. 그리고 그날로부터 며칠 뒤 검찰청 18호 검사실에서 발송한 통지서를 받았다. 밀수사건의 결과는 증거불충분이었다.

아버지의 '기소유예'는 빗나갔다. '증거불충분'이라니. 아버지는 검사 처분결과에 감읍했다.

목포에서 형수가 왔다. 아버지는 형수, 형님을 불러 앉혔다. 그리고 아내를 옆에 앉혔다.

— 너희들 명심해라. 말로는 누구나 이런 일을 당하면 일이 끝난 후에는 그렇게 할 수 있다고 말하겠지만, 지혜롭고 굳은 박애정신이 없으면 이런 기사회생의 일을 할 수 없다. 네 어머니가 나를 만나 일제강점기에 우리 문중을 환란으로부터 구하려고 내가 형님의 뜻에 거역할 수 없어, 한때 나를 희생했지만 형님 또한 임종 때 뉘우치시고 재산의 절반을 네 어머니의 뜻에 좇아 선한 사업을 하시라고 형님이 일생 동안 모은 재산 절반인 5천 석을 주셨다. 목포에는 별스럽게 부랑아들이 많았다. 그래서 36년 동안 구도재생원을 지켜왔다.

아버지는 전에 없이 목멘 소리로 말을 이어갔다.

— 네 어머니는 무안군 임성리 부근 중등포 과수원을 사들여 부랑아를 수용하려고 했지만, 그때 나는 네 어머니의 뜻에 반대했다. 그래서 어머니와 상의해 가며 목포 뒷개에서 가까운 모개섬 구례섬 그리고 용출도를 사들였다. 그러나 그건 엄마 판단이 옳았어. 중등포는 목포 근교에 있어 장래성이 있었는데 섬을 고아 사업장으로 정한 것은 고통의 연속이었다.

아버지는 깊은 숨을 쉰 후 다시 말을 이었다.

— 네 큰형의 출생지는 서울 돈암정이었다. 네 백부님이 돌아가시기 전 돈암정 한옥을 네 엄마에게 사 준 집이었다. 둘째 네가 6·25전쟁 전 엄마하고 함께 목포로 내려갔었다면 그때 돈암정 집도 무사했을 것이고 너도 그 병으로 고생은 하지 않았을 것이다.

아버지의 가슴에 품었던 얘기는 언제 끝날 줄 몰랐다.

— 그리고 구도재생원이란 이름으로 왜 사단법인을 설립했는가에 대해서 네게 한 번도 말한 적이 없었다.

그때 둘째 형과 형수의 얼굴이 굳어졌고 고개를 숙였다.

— 네 엄마 집안은 외할아버지가 항일운동을 위해 큰아들과 함께 상해로 건너갔었지 않았니. 이 아비는 정말 죄를 많이 지었다. 처갓집은 항일운동을 하고 있는데 남편인 나는 형님인 네 백부와 형제간의 의리를 거역 못해 타의로 친일을 했었고…… 이게 있을 법한 일이겠니.

아버지는 깊은 숨을 토하고는 심각한 얼굴을 지었다.

— 네 엄마가 화순군 향청리에서 10년을 살았다. 그때 전라도와 경상도 사이에는 나병 환자가 많았다. 형님의 주장대로 나는 조선인의 생명에 관계되는 총독부 위생과 소속 위생계를 관장하고 있었다. 네 엄마는 두문불출 첫딸에서 둘째 아들, 둘째 딸과 셋째 딸, 그리고 막내인 네 동생을 낳고 순천으로 전근할 때까지 10년 동안 내리 화순경찰서 옆에서 살았다. 나는 전염병을 예방

구도(龜島)를 아는가 ❶

하는 위생계라는 직책을 맡고 있었다. 그때는 나병을 전염병으로 인식했었다. 총독부에서는 조선의 나병 환자 처리에 골몰하고 있었던 터라 아예 총독부 경찰부 소속의 각 경찰서의 위생계에 전권을 주어 나병 환자를 처리해 왔었다. 그런 관계로 나는 화순군에서 보성군을 지나 고흥군의 도양읍 녹동 선착장에서 바라보면 손에 닿을 듯 가까이 있는 섬이 있었다. 그 섬은 지형의 모양을 따서 소록도라고 불렀다. 이미 그곳은 내가 화순으로 부임하기 전인 1910년도부터 미 선교사들이 박애정신의 일념으로 나요양원(癩療養院)을 차려 봉사하고 있었는데, 1916년부터 소록도 자혜병원이 생겼지만 나병 환자를 수용할 입원실이 부족하여 고심하고 있었다. 아마 1936년쯤이었을 것이다. 나는 총독부 명령으로 순천경찰서로 부임해야 했다. 그러나 그때 나에게 시련이 다가왔다. 전라남도의 나병 환자를 처리하라는 명령서가 전출명령서와 함께 날아왔다. 총독부의 의도는 전염병으로 규정짓는 당시 나병에 대한 인식 차이로 광주 등 지방에서 산재하는 나병 환자는 선교사들의 소수 선교활동을 위한 운영에 불과했었다. 총독부에서의 의도는 수송선으로 나병 환자를 수송 중 수장시켜도 좋다는 전권을 나에게 부여한 셈이었다. 그때 네 엄마와 나는 이미 백부에게서 받은 유산으로 사회사업을 하기로 마음을 굳히고 실행하기로 했지만 나병 환자 수용은 국가적 사업이므로 고아원을 설립하기로 네 엄마와 다짐했었다.

이미 사직서를 써 놓은 상태에서 조선인에 대한 마지막 속죄를 위해 근 한 달 동안 흩어져 있는 나병 환자 100여 명을 화순경찰서 앞에 집결시켜 사전 준비했던 트럭 세 대에 분산 승차시켜 경찰관의 호위도 없이 향청리를 떠났다. 그리고 보성을 지나 고흥반도의 고흥군 도양읍 녹동 선착장에서 한 척의 화물선에 승선시킨 후 소록도로 향했다. 그러나 총독부에서는 다만 수장(水葬)도 불사하라는 처리명령뿐이었다. 나는 이미 모든 것을 각오하고 그날 일에 대해서 네 엄마와 상의했을 뿐이었다.

녹동항에서 바로 지금의 소록도병원 선착장으로 화물선을 닿게 하여 100여 명의 나병 환자를 병원 밖에 대기시켜 놓고 입원을 호소했다. 원장은 총독부 경찰부에 전화로 확인했지만, 소록도 자혜병원으로 이송 수용하라는 명령서를 화순경찰서에 하달한 사실이 없었다 했다. 사실 총독부 명령서는 화순경찰서 위생주임에게 나병 환자 처리에 모든 재량권을 준다는 내용뿐이었다. 나는 이 점을 일본인 원장에게 주장했다. 당신은 일본인의 의사로서 나병 환자의 생명을 다루는 의사이고 나는 조선인으로 나병 환자의 생명을 보호하는 직책에 있는 사람이다. 만일 당신이 나의 경우라면 동족의 생명을 희생시킬 수는 없지 않는가. 오늘 이곳으로 데려온 환자들을 수용할 숙소와 병실이 없다면 이 넓은 공원에 천막을 치고 우선 수용 후 가건물을 짓고 수용하면 당신이나 나나 총독부에 대해 떳떳하지 않겠는가. 내 봉급 3개월분을 담보로 천막을 치고 가건물을 지을 동안 나는 나병 환자와 같이 생활하겠다, 라고 주장했다. 결국 원장도 일본인이기 전에 생명을 다루는 의사라는 사명의식으로 협조했었다.

아버지는 우리에게 한 번도 구도재생원을 설립하게 된 유래를 말한 적이 없었다.

아버지의 말은 다시 이어졌다. 하지만 웬일인지 둘째 형은 꼼짝도 하지 않은 채 고개만 숙이고 있었다.

― 헤어지는 마당에 원장은 실토했었다. 자기도 경성의학전문학교 출신인 조선인이라고. 둘째야, 피는 물보다 진하지 않니?

아버지는 감회에 어린 눈길로 둘째 형을 바라보았다.

― 둘째야, 네가 뒷개에서 구례섬을 바라다보면서 한 번쯤은 부모가 왜 저 구례섬에다 사단법인 구도재생원을 설립했는가, 생각해 본 적 있느냐. 내가 총독부 명령으로 나병 환자를 싣고 녹동 선착장에서 소록도를 향해 출발할 때 바로 눈앞의 섬이 내가 찾아가야 할 속죄의 섬으로 가슴에 와 닿았었다. 무슨 말인지 알겠니? 엄마의 신앙심에 대해서 나는 마음속 깊이 신뢰하고 있었다. 엄마는 서울 종로 중앙교회 감리교 신자였지 않았니. 마태복음 한글판이 조선에 처음으로 보급됐던 황해도 장연에서 서울 종로구 통의동으로 터를 잡았던 독실한 감리교 신자 가문이 아니겠니. 그런 까닭으로 네 엄마는 진심으로 친일을 속죄하는 일

념으로 요한복음 14장 '내가 길이요 진리요 생명'이라는 말을
가슴속에 뿌리 깊이 간직하고 살아왔었다.

— 아버지의 뜻을 잘 알겠습니다. 명심하겠습니다.

둘째 형은 오랜 침묵을 깨고 입을 열었다.

— 네 엄마는 올망졸망한 네 일곱 형제자매를 데리고 순천을
거쳐 목포에 정착하고 난 후 나는 우연한 기회에 뒷개에 갔었다.
그날 그 시각은 간조(干潮) 때라 걸어서 갯벌 끝에서 구례섬을 향
해 헤엄치면 불과 십여 분만에 구례섬에 닿을 것 같이 가까웠다.
여러 가지로 고흥군 녹동에서 소록도의 선착장에 이르는 거리만
큼 비슷한 거리의 구례섬은 똑같이 송림으로 우거져 있어 네 엄
마와 내가 찾고 있었던 그 길이 바로 눈앞에 나타났었다. 그 섬
을 찾은 후 나는 바로 목포경찰서를 사직했었다. 어머니의 뜻에
좇아 구도재생원이라는 고아사업을 시작하지 않았겠니. 그날 이
래 36년 동안 구도재생원을 박애정신으로 온갖 역경을 인내로
이겨왔다.

아버지의 음성은 차분히 가라앉았다.

— 그리고 너희 두 사람에게 부탁한다. 구례섬은 바로 네 엄마
와 나의 속죄의 섬이자 재생의 섬이었다. 그렇게 해서 설립된 섬
을 너희들 두 사람에 의해 마치 6·25전쟁 때 부모에게 있어 의
미심장한 돈암정 집을 너희들 마음대로 없애버리듯 구례섬 역시
36년의 고행의 장소를 한순간에 놓쳐버릴 뻔했었다. 너희들 두

사람 머리카락을 뽑아 짚신을 삼아 탁이 엄마에게 신겨도 부족하다. 특히 형제간에 평소 돕고 살아야 한다.

— 네.

형수의 가느다란 소리가 들렸다. 그러나 둘째 형은 여전히 고개만 숙이고 있다.

— 탁이 어미의 박애정신이 네 엄마에게서 이어져 또다시 구도재생원을 살렸다. 해방된 그해 여름이었다. 목포에 산다는 미군정청 통역관이 미군정청 장교를 데려와 나를 만나려고 구례섬을 찾아왔었다. 그때 엄마 홀로 있었다. 통역관은 세 섬이 모두 적산이므로 몰수하러 왔다는 거야. 해방 직후엔 그런 일들이 허다했었다. 결국 그들의 협박에도 꿀리질 않고 맞서 소유권을 주장하여 그때 구도재생원의 첫 번째 위기를 벗어났다. 이번에는 네 제수씨가 존폐의 위기에 처한 구도재생원을 구했다. 사심 없이 고아사업을 해라. 그리고 절체절명에서 자기 몸을 희생하는 박애정신으로 형제간을 사랑해라. 명심해라.

아버지는 뜸을 들인 후 다시 말을 이었다.

— 마지막 한 가지만 말하자. 네 동생이 강원도 양구에서 광주 상무대 77육군병원으로 전속왔을 때 일인데, 광주에는 서민들이 사는 골목집들이 많았다. 그 집은 여름철에 장마가 지면 물바다가 되었다. 그때 네 어머니가 너에게 당부했었지. 다른 곳으로 옮길 사글세 방값을 주고 오라고. 당시는 군의관의 봉급은 애들

과자값 정도였었지. 그런데 둘째 너는 제수씨가 방에까지 차오른 물을 퍼내는 정황을 보고도 되돌아왔다는 말을 네 어머니에게서 들었다. 지금 내 말은 고아사업을 하는 사람은 네 동생에게도 몰인정하리만큼 부정한 방법으로 돈을 탐하지 말라는 말이다. 그럴 수 있겠니? 네가 네 동생에게 행했던 대로 재물을 고아원 이외 사욕을 취해서는 안 된단 말이다. 그렇지만 그토록 몰인정하게 네 자신에게 돈에 대한 욕심이 없다면 구태여 사회에 누를 끼치는 밀수라는 누명은 사회사업가의 처지에서 지탄받을 짓이 아니겠니? '형제는 수족 같다'라는 네 백부의 가훈에 합당한 것이겠니? 매사 하나를 보면 열 가지를 알 수 있지 않겠니?

　― 명심하겠습니다. 제수씨 잊지 않겠습니다.

　비로소 둘째 형은 고개를 들었다. 그러나 둘째 형의 운세는 늘 부모 형제가 정성껏 차려놓은 밥상을 감사함이 없이 먹어치우는 이상한 운세의 소유자였다.

아내는 부모님에게
박사모에 가운을
입혀 드리다

1972년 2월 26일이었다. 나는 1965년 7월 31일 제2군사령부 의무참모부 K의대 생화학교실 파견 육군 급식연구관에서 제대 후 부산 서면 부전동으로 이사를 왔다. 그 집은 함석지붕 위로 고압선이 지나가는 블록으로 쌓아 올린 가건물이었다. 비바람 부는 한밤중 식구들은 고압선에 누전되어 감전 사고를 일으킬 뻔했다.

복덕방에서 전해들은 바에 의하면 가건물에 개업했다는 소아과 의사가 충양돌기염(맹장염) 수술을 받았는데, 수술 시기를 놓쳐 범발성 복막염에 패혈증이 겹쳐 사망하자 그녀의 부친이 다시 가건물에 한방을 차렸는데 한 해를 넘기지 못해 한의원 영감님이 뇌출혈로 사망하고 얼마 뒤 부인마저 사망했다는 것이다. 생존한 딸 한 분은 가건물을 방매가로 내놓았지만 흉가로 소문이 나 1년이 지나도록 전월세 등 입주자가 없었다고 말했다. 나는 엄마가 주신 30만 원에 은행에서 대출한 돈으로 그 집을 매입하여 약간의 수리를 거쳐 야간개업을 위한 치료실과 조그마한 수술실 그리고 한 칸의 수술 환자 회복실를 갖추었다. 아내와 나는 1층 내실에서, 두 아이들은 2층에 공부방을 만들어 그곳에서 기거했다. 무보수의 B대학병원 산부인과 전문의과정 수련 중 H의원이라는 야간개업을 했다. 아내의 도움으로 나는 골목 초입에서 주독야경(晝讀夜耕) 7년의 각고 끝에 목표를 이룩했다.

1969. 2. 25. B대학교 대학원 산부인과 의학석사학위 취득
학위등록번호 68석-81
1969. 9. 30. B대학교 대학병원 산부인과 전문의과정 4년 수료
1972. 2. 26. B대학교 대학원 산부인과 의학박사학위 취득
박제234호
1972. 3. 산부인과 전문의 취득 전문의자격번호 603호

아내는 두 아이들 교육에도 최선을 다했다. 그리고 나의 뒷바라지로 석사, 산부인과 전문의과정 수료, 의학박사, 그리고 산부인과 전문의 자격증을 나에게 안겨주었다. 아내는 나를 만나는 순간부터 마치 내가 바라는 바를 몽땅 채워주기 위해 나에게 왔던 천사였다.

아직 꽃샘추위가 극성을 부리고 있었다. 부모님은 둘째 형님

과 함께 목포에서 부산으로 오셨다. 아내는 아버지 어머니에게 내가 B대학교 졸업식장에서 입었던 박사학위 모자와 가운을 번갈아 가며 입히고 기념사진을 찍었다.

아내와 함께 고달픈 의사의 길을 밟고 있는 동안 둘째 형은 딱 한 번 부산에 왔다. 말이 야간개업이지 낮에 의사가 없는 병원을 찾는 환자의 입장에서는 있을 수 없는 일이었다. 그때 둘째 형은 이렇게 말했다.

— 의사면허증과 그만한 경력이 있으니까 시골에서 개업하면 되지 고생하며 전문의 자격을 딸 이유가 없다. 전화기라도 팔아서 당장 아쉬운 곳을 해결하면 되지 않느냐, 하고 격려 대신 실망을 주었다. 광주 상무대 77육군병원 시절 수해상습저지대인 계림동 집을 찾아왔을 때도, 제대 후 부산에 두 번째 찾아와서도 격려와 용기 대신 나에게 절망과 냉대, 그리고 눈물만 주고 갔었다. 그리고 나는 B중부경찰서에서 둘째 형이 밀수사건으로 구치소에 수감됐다는 연락을 받았었다. 그때 나는 둘째 형의 진심을 알 수 없었다. 둘째 형은 백부님의 가훈인 '형제는 수족과 같다'라는 교훈을 철저히 파괴시키고 부모님의 '속죄의 땅'마저 말살시키려고 하였다. 그건 형제자매 간의 우의라든지, 부모 자식 간의 윤리라든지 그런 도덕과 윤리의식하고는 상관없는 돌연변이의 잔혹한 유전자 배열 같은 것이었다.

운명의 회귀,
미국 취업을
포기하다

나는 아내의 도움으로 의사로
서 갖추어야 할 모든 자격증를
딴 후 잊었던 미국 유학의 꿈이
되살아났다.

엄마의 원에 의해 각별했던 의예과 2년의 급우들을 뒤로하고
S의과대학 편입시험에 합격했던 나는 최거덕 아저씨를 찾아갔
다. 몇 해 후에는 미국 유학을 할 수 있을 것이라고 생각했다. 그
러나 이상과 현실은 달랐다. 그때 좌절한 꿈을 재현하려고 박사
학위와 전문의 시험을 취득 후에 접었던 꿈을 다시 좇아 도전하
기 위해 해외개발공사에서 실시한 외과, 산부인과, 내과의사 시
험에 응시했다.

1972년 4월 초순쯤이었다. 부산에서 외과, 산부인과 의사는
각각 1명씩 합격했다. 조건은 우간다에서 1년간 의료봉사를 마

친 후 캐나다 또는 미국 전역 어디나 본인이 원하는 병원으로 취업 알선한다는 조건이었다. 두 아들은 S학원으로 영어를 배우러 다닌다고 법석을 떨었다. 나는 이력서를 영어로 번역하고 가족들 여권 사진을 찍고 관련 서류를 보내자 비로소 비자가 나왔다. 1972년 그때 N외무부 장관 재임 때였다. 그러나 아내는 몸이 허약했으므로 외국생활을 못하겠다고 반대했다. 아버지는 아내 편이었다. 늙은 부모를 두고 외국을 갈 수 없다고 한다. 이미 산부인과 의국원들 송별연까지 성대히 대접받았다. 두 형에게 부모를 맡기고 한 번 떠나면 부모님 생전에 돌아올 수 없을 것이라는 아내의 말이 내 가슴에 커다란 파장을 일으켰다. 더구나 큰형님의 남교동 W장 관계로 아버지와 사이가 좋지 않았다. 구도재생원의 경영권을 둘째 형에게 넘기면 일정한 생활비를 드리겠다, 라고 부모에게 약속했다는 둘째 형은 이를 이행하지 않고 부모님을 방기했다. 그런 가운데 셋째 아들마저 떠나버리면 의지하고 하소연할 길이 막힐 것이다. 아버지는 목포에서 개업을 한다면 병원을 지어주겠다, 나를 회유했다. 결국 아내는 부모님을 두고 외국에서 살 수 없다고 반기를 들었다. 출국 보름 앞두고 외무부에 개인 사정으로 출국 불가 신청서를 제출했다. 편도 항공료 4인분을 배상하고 외국유학의 길을 접었다. 마치 어머니가 통의동의 가족을 위해 하와이 유학을 포기했던 재판(再版)이었다.

개업하던 병원을 정리하고 외과의사 선발시험에 합격한 B외과의원 B원장은 S의과대학 1년 선배였다. B원장은 해외개발공사에서 약속한대로 우간다에서 1년 의료봉사 후 존스홉킨스대학병원에 취업하였다. 그때 나는 B원장에게 뒤따라가겠다고 약속하곤 부산역 플랫폼에서 헤어졌던 B원장의 장녀는 나의 큰아들과 같은 또래였는데 그 후 미국웨스트포인트 출신 장교가 되어 한때 한국으로 파견되었다. 그러나 그때 한국 의사로서는 준비된 세계로 향한 하늘의 문을 포기하기란 출세가도를 포기하는 것 같은 어리석은 짓이었다. 그러나 예정대로 아내와 함께 미국 취업의 길을 떠났다면 나를 위해 전력투구해 왔던 아내는 이제까지 걸어왔던 길을 다시 되풀이하게 되었을 것이다. 아내와 나는 제2의 도약을 위해 서면 로터리에 병원을 세우기로 결심했다.

　　　　　　　　　　　　　　　　　　　　　　구도(龜島)를 아는가❶

엄마와 함께
부전동 산부인과의원
옥상에서

1970년대 부산은 개발 붐이었다. 해방 후 25년째 부산은 어디서나 지축을 흔드는 굴삭기 소리가 연일 도로변의 어디에서나 울렸다. 시중은행 대출 이자는 최하가 연10% 이상이었다. 그 덕분에 대학 졸업자들에게 은행원 취업은 선망의 대상이었다.

부모가 나에게 약속했던 병원 신축은 부모로서 곁에 있어 주기를 바라는 마음에서 하신 심정에 불과했다. 홀로 아내와 함께 부산에서 외길 의사 수련을 위해 누옥(陋屋)의 세월을 겪고 있는 동안 큰형과 둘째 형은 고령의 부모가 하는 고아사업을 도우는 것을 빙자하여 일생을 통해 일관해 온 박애정신을 훼방하는 재산 쟁탈전을 벌이고 있었다. 나와 아내는 당시 야간개업 건물의 대지를 매도하고 은행에서 건축비를 대출했다. 그러나 아무리 경제성장의 활황기였지만 나와 아내에겐 병원 건물을 신축하는 일은 모험이었다. 아내는 공대 출신 처남과 토목공사 수주 경험이 많은 처남의 선배와 함께 병원 신축 수주를 맡았다. 장인은 상주하면서 부족한 자금을 지원했다. 엄마가 아버지에게 바쳤던 물심의 희생양처럼 아내 또한 빈털터리 나에게 와 끊임없이 물심의 희생만 강요당해 왔다.

드디어 지하 1층 지상 4층의 병원 건물이 B시 교통의 요충지 S면 로터리 부근에 모습을 드러냈다. 7년 만기 제대 후 만 9년 만에 외국 취업의 길을 접었던 나는 아내의 뜻에 좇아 B시에 터를 잡고 1974년 7월 24일 산부인과의원을 개원했다. 수술할 환자들로 입원실은 연이어 만원이었다. 병실은 부족했다. 아내는 부모를 편히 모실 수 있을 것이라고 생각했다. 아내의 판단이 옳았다. 가족이 딸린 나로서는 외국유학은 사치였다. 나는 빚을 갚고 로터리클럽 회원이 되어 봉사활동을 계속했다.

1975년 7월 중순쯤이었다. 그 무렵 엄마가 목포에서 부산으로 오셨다. 늘 절망을 희망으로 삼고 쉬지 않고 시지프스의 바위를 산정을 향해 밀어올리기만 해왔던 엄마는 큰형과 둘째 형이 벌이는 W극장 경영과 구도재생원 명의 이전 관계로 피폐해져 있었다. 어려서부터 나에게 용기와 희망을 주신 것으로 일관해 왔던 엄마에게 있어 어느새 절망의 그림자가 도사리고 있었다.

나는 엄마를 모시고 신축 병원 건물 옥상으로 올라왔다. 맞은

편에는 B교회가 보였다. 로터리 쪽으로는 L호텔 46층 건물이
보였다. 그러나 엄마의 얼굴에는 수심만 가득 차 있었다.

— 엄마, 집에 무슨 일이 있어요.

나는 아버지와 함께 장산도 야밤 탈출에서 생환하여 용출도
뱃머리에 올라섰을 때 황톳길 밭이랑에 선 채 우리들을 기다리
고 있던 엄마의 당당했던 모습을 떠올렸다.

— 네 큰형의 극장 사건이다.

— 어떤 일인데요?

— 서울 단성사 지배인으로 있는 네 사촌 형에게서 어렵게 입
수했었던 영사기를 도난당했단다. 범인을 찾았는데, 영사실 직
원이었단다. 훔쳐 간 직원의 뺨을 한 대 갈겼는데 졸도했는데……
병원에 입원 후 사망한 사건이었다.

— 그래 지금 어떻게 됐어요.

— 1년 금고형을 받고 지금 광주교도소에 복역 중이다. 나머
지 변호사비를 준비해야겠다.

— 둘째 형은요?

— 큰형의 사건이 벌어지자 둘째 형은 어수선한 집안을 추스
러 사건을 해결하려고 하지 않고 이번에는 사단법인 구도재생원
에서 큰형의 이사직 사임서를 받아내려고 부모를 괴롭힌 끝에
수감 중인 큰형을 찾아가 준비해 온 큰형의 인감을 주면서 날인
받았단다.

— 장남으로서 아버지를 보호할 의무감이 있었을 텐데요.

— 그때 둘째 형이 큰형에게 어떤 언질을 주었는지 모르지만 어쨌든 구도재생원 이사 인감으로 등록된 큰형의 인감은 둘째 형이 가져왔지만 날인한 사람은 큰형이므로 법적으로 문제될 게 없었다.

— 그럼 엄마는 둘째 형에게 구도재생원을 명의 이전하는 것에 동의했다는 말입니까.

— 구도재생원의 사단법인 원 재산은 아버지가 백부에게서 상속받았던 5천 석에서 시작했던 사단법인이 아니었니. 집안 대대의 사업을 둘째 형에게 몽땅 맡긴다면 구도재생원의 장래를 예측할 수 없으므로 큰형을 감사역 이사에서 사퇴하는 것을 나는 반대했다.

— 그럼 그대로 엄마의 뜻을 밀고 나갔어야죠.

— 내 생각엔 큰형이 아버지 모르게 용출도를 매도한 것과 상관있는 것 같았다. 그때 네 아버지는 둘째 형의 구례섬에 대한 어떤 낌새를 눈치챈 것 같았다.

엄마에게 있어 구도재생원은 엄마의 삶 자체였지만, 그러나 엄마는 아버지의 분신이었던 구도재생원을 더 사랑하고 계셨다.

— 아버지는 둘째 형에게 구도재생원의 원장 이름만 승계했다. 그러나 이사장 명의는 넘기지 않았다. 그래서 이사장 위임을 둘러싸고 한때 둘째 형과 아버지 사이에 감정 대립이 사사건건

구도(龜島)를 아는가❶

일어났었다. 둘째 형은 그렇게 야금야금 구도재생원 존립 자체를 부정하였던 게다. 아버지가 보기에 둘째 형은 구례섬을 처분하려는 전단계로 아버지에게서 원장의 위임, 이사장의 명의 이전, 그리고 마지막에 큰형의 이사 사임을 조직적으로 진행해 왔다.

— 앞으로 어떻게 하시려고요.

— 구도재생원을 팔아 고아사업을 안 한다면 문제가 되겠지만, 그런 일은 없을 것이다. 죽교동 92번지는 살림집이며 운영 중인 분원의 건물을 그만두고라도 유달산 아래 나대지만 해도 천여 평 되는 대지를 팔면 충분히 신안군 동서리 쪽 버려진 '뻘'의 갯벌 땅을 구입하게 될 것이다. 그렇지만 구례섬은 부모의 소유권으로 부모 허락 없이 팔 수 없을 뿐만 아니라 현재 구례섬의 소유권을 타인 명의로 이전하려면 반드시 소유권자인 아버지의 동의가 있어야 하지 않겠니. 만일 구도재생원을 없앤다는 것은 부모를 배신하는 횡령 배임이 안 되겠니. 만일 둘째 형이 구도재생원을 어떤 이름으로 바꾸든 내 육신이 묻혀있는 땅이며 그 땅이 바로 내가 사랑했던 구도재생원임을 부인할 수 없다. 그건 움직일 수 없는 사실이다. 너는 어릴 적부터 이 어미 손을 잡고 다녔으므로 너만은 이 엄마의 진심을 알 것이다.

나는 일생 동안 몸뻬바지에 흰 고무신으로 일관한 엄마의 정신을 알 수 있었다.

— 백부님이 주장했던 '형제는 수족과 같다'라는 가훈을 거역 못해 한때 친일까지 했었던 아버지와는 달리 둘째 형은 형제간의 의리도 부모에 대한 도리도 저버리려고 한다.

어머니의 눈에는 L호텔 건물도 보이지 않았다. 누구에게 보다도 어머니에게서 듣고 싶었던 그 말, 어떻게 탁이 어미와 둘이서 이렇게 병원을 지었니, 라고 나에게 물어볼 것이라는 예측은 산산이 무너졌다. 엄마에게는 오롯이 큰형의 석방에만 관심이 있었다. 큰형의 사건에 이어 엄마와 아버지의 생명과도 같은 구도재생원에만 정신을 빼앗기고 있었다.

하지만 둘째 형은 아버지로부터 고아사업을 승계받았다는 이유만으로 구도재생원의 사단법인을 해체하여 구례섬을 매각할 심산으로, 새로운 명칭의 보육사업을 시작하려는데 집착하고 있을 것이다. 둘째 형은 구도재생원, 부모의 평생 속죄의 섬이었던 구례섬은 관심 밖일 것이고 부모가 쾌척한 사단법인의 돈 5천석에서 비자금을 마련하려면 어차피 사단법인 구도재생원을 해체하지 않으면 안될 것이다. 계획대로만 일이 이루어지면 구례섬을 매도한 돈으로 구질구질하게 부모처럼 고생을 낙으로 삼는 건 부모 대에서 끝을 내면 그만이지 않는가. 기독교 정신으로 모태신앙인도 나는 아니지 않는가. 다만 사회사업가라고 자신을 포장하기 위한 수단으로 장로직을 하고 있을 뿐이다. 어쨌든 죽교동 대지를 매각한 돈의 일부로 새로운 아동복지사업을 시작한다면 누가 보아도 이름만 바꾼 구도재생원의 후신에 불과하다고 생각할 것이다. 큰형을 이사직에서 빼버리면 될 것이고 유산분배를 들고 일어나는 딸들에게는 구례섬과 분원인 죽교동 대지와 건물 전체가 신안보육원으로 귀속됐다고 하면 그만일 것이다. 엄마는 둘째의 속내를 훤히 꿰뚫고 있었지만 나에게 말을 안 했을 뿐이다. 우리 엄마가 어떤 엄마인가. 방첩대 고문실에서 투신하신 분이 아니었던가. 네 살 적부터 엄마의 손을 잡고 다녔던 나는 그 깊은 마음을 알고 있었다.

— 네 큰형은 얼마나 마음에 상처를 입었겠니. 그리고 아버지도……

그때 나는 가장 가슴 아픈 어머니의 일기장 첫 장을 떠올렸다.

"……구례섬에서 고아들과 함께 보금자리를 차리려고 목적했다……"

— 그렇군요. 큰형님은 믿었던 둘째 형에게 배반을 당했군요. 아버지가 구도재생원 설립 당시 큰형을 이사로 올렸던 것은 당연했지요. 그때 둘째 형은 조흥은행에 다녔고, 구도재생원하고는 생각 밖이었으니까요. 큰형은 무안군 중등포에서 과수원을 하고 있었고, 엄마가 고아원을 하려고 사두었던 그 중등포 과수원을 큰형이 관리하고 있었으니까요.

엄마는 큰형을 생각한다지만 그러나 결과는 늘 둘째 형의 몫으로 돌아가곤 했다. 서울 돈암정 집 매도 사건으로부터 W극장 터였던 남교동 72번지 건물을 신축하는데 일어났던 큰형과 둘째 형 사이 다툼에서 둘째 형은 죽교동 92번지에 아파트를 신축했었다. 그것마저 둘째의 몫으로 돌아가곤 했다.

— 그럼 나머지 변호사 선임료를 드리면 되겠네요. 탁이 어미와 상의해서 저와 함께 광주에 가보도록 해요.

나는 엄마와 함께 부산에서 광주로 가는 경전선 열차에 탔다. 열차가 광양을 지나 순천역으로 들어섰을 때였다.

— 진숙을 빼놓고 다섯 남매들을 화순에서 낳았다. 엄마는 두더지처럼 산골 화순이라는 땅에 파묻혀 너희들 키우기에 10년을 보내고 순천으로 이사 왔다. 그렇지만 화순을 떠날 무렵 아버지는 엄마에게 말했던 약속을 지켰다. 전라도에는 나병 환자들이 좀 많았니. 아버지는 전라도 각 지방 거리에 배회하는 나병 환자들을 모아 고흥군 바다 건너 소록도에 입원을 시키고 보름 만에 화순으로 돌아왔고, 이 엄마는 큰형과 함께 순천의 저전동으로 이사했었다. 나는 이전부터 일단 약속하면 반드시 실천에 옮겼다. 나와 아버지의 가슴속에 그림자처럼 따라다녔던 친일에 대한 죄책감을 다소 속죄한 것 같았다. 그때 이사 온 이곳 순천의 저전동 집은 동천 부근에 있었다. 저전동 옆으로는 동천이, 위로는 옥천이 흐르고 있었는데 장마철이면 흙탕물을 타고서 가

재도구도와 호박, 돼지들도 떠내려 왔었다.

— 엄마한테 들은 적은 있지만, 목포 죽교동 집 텃밭에서 어머니가 키웠던 칠면조의 붉으락푸르락 변하는 부리 밑 살 주머니를 건드리곤 했고, 서울 큰집에서 데려온 복순이가 산 채로 닭털을 뽑은 기억이 나요. 그 닭은 털을 빼앗긴 채 꼬꼭……꼬꼭 하면서 온 마당을 날개도 없이 싸돌아다녔잖아요.

— 그 복순이라는 애는 네 큰엄마가 엄마를 도와주기 위해 내려 보냈던 애였는데 머리가 좀 모자랐어. 털 뽑힌 그 닭은 얼마나 아팠겠니.

나는 어릴 적 기억을 떠올리면서 엄마와 옛 생각에 젖었다. 하지만 엄마의 일기에는 아버지가 전라도 지방을 배회하는 나병환자들을 바닷속에 수장하라는 총독부의 명령을 어기고 소록도에 입원시켰다는 내용은 나에게 말하지 않았다. 광주 의예과 시절 세 급우들과 함께 갔었던 소록도의 황톳길에서 한하운의 「전라도 길」을 떠올렸다.

가도 가도 붉은 황톳길 / 숨막히는 더위뿐이더라. // 낯선 친구 만나면 / 우리를 문둥이끼리 반갑다. // 천안 삼거리를 지나도 / 수세미 같은 해는 서산에 남는데 // 가도 가도 붉은 황톳길 / 숨막히는 더위 속으로 절름거리며 가는 길. // 신을 벗으면 / 버드나무 밑에서 지까다비를 벗으면 // 발가락이 또 한 개 없어졌다. // 앞으로 남은 두 개의 발가락이 잘릴 때까지 / 가도 가도 천리, 먼 전라도 길.

— 엄마, 왼쪽 발목 좀 보여줘요. 그때 방첩대 3층에서 투신했을 때 골절된 부위가 어떻게 됐는지 보려고요.

— 그때 왜 인국이란 아버지 유도 제자 말이다. 그 사람은 아버지를 위해 용출도에 그대로 계시라고 했는데 그대로 계셨다면 네 아버지가 다칠 뻔했었다. 둘째 형하고 같은 나이여서 아직 세상 물정을 몰라서 말인데 세상은 늘 진짜보다도 가짜가 더 설친다. 그때도 지방 자위대원들이 빨갱이 짓을 했었다. 그리고 아버지와 네가 용하와 인구가 젓는 배를 타고 떠날 때 아버지에게 신신당부했었다. 장산도에서 도움을 받을 수 있었을 텐데 말이다. 인민군이 아버지에게 누구를 만나러 왔는가 물었을 때, 그냥 물살에 떠밀리어 왔다고 하면 됐을 터인데 장 부잣집을 찾으러 왔다고 해서 사단이 벌어진 게다. 장 부잣집은 그 섬의 인동 장씨 종가였으므로 그때는 잘사는 사람은 전부 반동분자로 단정하지 않았니. 그러니 정말 그때 너희들이 범굴에 들어갔던 셈이었지. 목숨 건진 건 천행이었다. 그때 압해도는 평소 억하심정이 있었던 사람은 복수심에서 원래는 빨갱이가 아니었지만 세상이 뒤바뀌었다고 진짜 빨갱이 짓을 했었지. 압해도 자위대원 서너 명이 네가 피난 간 뒤에 구례섬, 용출도를 몇 번을 뒤졌단다.

구도(龜島)를 아는가 ❶

화순역을 지나 광주역에 도착한 나는 엄마와 함께 큰형의 사건 수임 변호사 사무실을 찾았다. 금남로 사거리 쪽이었다.

— 엄마, 저쪽 사거리에 S외과의원이 있었어요. 그때 원장은 이름이 E씨였는데 아시죠?

— 응, 벌교 사람으로 목포상업학교를 나왔는데 죽교동 우리 집에서 5년 동안 하숙을 했었지.

— 사람의 관계란 참 이상하죠. 내가 이곳에서 2년 공부했잖아요. 그때 엄마 말만 듣고 그 사람 집에서 약 1년 동안 하숙했지요.

— 보기 드문 건실한 학생이었다. 네가 다녔던 목포상업학교 대선배였지. 그때의 네 모교는 우수한 학생들이 많았단다.

나는 엄마를 따라 박 변호사사무소를 찾아 들어갔다. 사무장만 자리를 지키고 있다. 큰형 사건 수임 박 변호사는 법원에 가셨다고 한다. 한참을 기다린 끝에 박 변호사가 돌아왔다. 6개월만 복역하면 출소한다는 것이다. 엄마는 큰형 면회를 신청하겠다고 한다. 그러나 몹시 피곤해 보였다. 날을 잡아 다시 와서 면회하기로 하고 나는 엄마와 함께 광주고속으로 부산 부전동 집으로 돌아왔다.

— 엄마, 우리와 함께 살아요. 탁이 형제도 다 컸는데 애들 보라고 하는 건 아니잖아요.

─ 네 형이 곧 출소하니까 우선 마음이 놓인다. 같이 서울 서초동에 데리고 있어야 해.

나는 큰형에 대한 엄마의 양극의 정을 느꼈다. 하나는 경락이라는 아이는 어머니의 꿈을 송두리째 빼앗아 가버렸다는 원망 때문에, 한편으로는 둘째 형에게 이용만 당하고 있다는 안쓰러움 같은 설명할 수 없는 감정 등이었다.

엄마를 부산역에서 서울로 올려보내고 보름 후였다. 엄마로부터 전화를 받았다.

─ 큰형이 얼마 전 목포교도소로 이감됐다는 연락을 받았다.

─ 출소할 날은 아직 멀었죠?

─ 아직 확실하지 않다. 한 번 내려오련?

─ 엄마, 그럼 오는 토요일 탁이 어미와 함께 면회 갈게요.

─ 그럼 오는 토요일 오후 2시에 만나자. 목포교도소는 일로에 있다.

─ 알았어요.

아내와 함께 ktx로 목포역에 도착 후 다시 일로역으로 가는 열차를 탔다. 차창 밖으로 임성리역 입간판이 보인다.

아버지와 함께 목포로 내려온 엄마는 마음먹었던 고아원을 하려고 무안군 삼향읍의 중등포에 과수원 농장을 장만했었다. 그때 아버지는 엄마의 반대를 무릅쓰고 목포 뒷개에서 발견한 소록도와 비슷한 구례섬에 고아원 설립을 고집했었다. 왜, 그랬을까. 나병 환자에게 있어 소록도는 천형의 섬이지만 아버지에게 있어 구례섬은 일제강점기 아버지의 친일에 대한 속죄의 섬이었다. 백여 명의 나병 환자를 수장시키라는 일제강점기 총독부 명령을 묵살하며 소록도에 수용시켰던 항명은 아버지로 하여금 구례섬에 구도재생원의 설립을 고집하게 된 무의식 속 항변이었다.

그때 엄마가 고아원을 하려고 장만했던 중등포 과수원을 가려면 목포에서 임성리역에 내렸었다. 1945년 8월 15일 중등포에서 철길을 따라 도착했었던 임성리역에서 목포행 열차로 집에 온 나는 엄마를 찾았다. 해방이 됐다고. 그래서 상해에 계시는 외할아버지를 만날 수 있을 것이라고.

일로읍 교도소 담을 끼고 인적이 끊긴 정문 쪽으로 갔다. 한낮인데도 교도소 문 앞은 무거운 침묵만이 깔려 있었다. 땡볕이 내리 꽂히는 정문 맞은편 화단가에 한없이 누군가를 기다리며 앉아 있는 엄마를 먼 발치에서 발견했다. 한 포기 풀도 돋아나 있지 않는 척박한 화단 옆에서 흰 고무신을 털고 계시는 엄마를 본 순간 나는 찡하고 명치끝을 잡아당기는 통증 때문에 눈앞이 흐렸다. 엄마는 우리가 바짝 다가설 때까지도 고개를 떨구고 계셨다.

— 어머니, 저희들 왔어요.

— 그래 고맙다. 면회 와서……

아내는 엄마의 손을 잡고 면회를 신청했지만 접수처 직원은 조회결과 면회일은 이틀 뒤라고 알렸다.

— 엄마, 면회일에 오셔야 해요. 출소일이 정해지면 알려주세요.

— 어미야, 나는야 매일같이 이곳으로 출근한다. 그러지 않으면 미쳐서 죽어버리겠다.

— 엄마가 쓰러지면 큰형을 볼 수도 없잖아요. 집으로 가십시다.

우리는 엄마를 달래어 죽교동 92번지로 모셔 왔지만 둘째 형 내외는 밖에서 돌아오지 않았다. 엄마는 부산으로 가자는 우리들의 말을 뿌리치곤 목포에 머물겠다고 고집을 부렸다.

구도(龜島)를 아는가 ❶

큰형님의

출소

1976년 이른 봄날이었다. 큰형님은 병원 살림집으로 찾아왔다. 무슨 일인지 몹시 언짢은 표정이었다.

— 고생하셨죠. 엄마와 함께 목포교도소에 갔었는데 면회일이 이틀 후라서 돌아왔어요.

— 엄마에게 얘기 들었다. 그런데 북교동 집이 팔렸다고……
너 병원 짓는데 아버지가 얼마 주던……

— 왜요? 그 좋은 집을 왜 팔았죠?

— 내가 너한테 묻고 싶은 말이다.

— 제대하고 부산에서 정착하라고 어머니에게서 30만 원밖에 받은 적이 없었는데요. 그것도 10년 전이었으니까요.

— 네 둘째 형 말이다. 내가 교도소에 있을 때 구도재생원 이

사진에서 나를 빼버렸다. 내가 오늘 온 건 북교동 집을 매각했다는데 서초동 삼익아파트 매입금을 제하고 나머지 돈은 어디 있는지 알고 싶다. 물론 네가 외국 가지 못하도록 아버지는 목포에 네 병원을 지어주겠다는 말을 들었지만 큰형인데도 네 병원 신축하는데 한 푼도 도와주지 못해서 미안하다. 그러나 아버지가 팔아버린 그 북교동 집은 내가 대를 이어 갈 종갓집에 해당되지 않았겠니. 그런 집을 팔았으니 말이다. 그러나 빈말 같지만 내가 하던 극장 일이 잘되었더라면 너를 도와주고 싶었다.

— 이 병원을 짓는다고 탁이 엄마의 친정 식구들이 총동원했어요. 장인은 아예 부산에 눌러계시어 공사현장을 지켰어요.

— 혹시 아버지한테서 무슨 말이 없었니?

— 아니요.

— 둘째 형이 구례섬을 팔아 압해도 신안으로 구도재생원을 옮긴다는 말을 말이다.

— 전혀, 처음 듣는 말인데요.

— 지금 아버지는 그 일로 식음을 전폐하고 누워 계신다.

— 엄마는요.

— 일절 말이 없다. 엄마는 걸어 다니는데 몹시 힘 드신다.

— 두 분께서…… 북교동 집도 없어지고 더구나 구례섬은 부모님의 혼이 숨 쉬고 있는 섬이 아닙니까. 집 한두 채 값도 아니고 그 큰 덩치를…… 사전에 부모 형제간에 상의도 없이 팔았다

니요.

— 덕이 엄마 오빠라는 남자가 구례섬을 몇 번 다녀갔다고 하더라.

큰형은 점점 이상한 소리만 일러 준다.

— 형님은 어떻게 생각해요. 둘째 형이 구례섬을 팔고 신안으로 이사 가는 일 말입니다.

— 유달산 아래 죽교동의 부지가 상당하지 않니. 기왕 구도재생원 분원을 하고 있으므로 더 확장하면 신안군으로 옮기겠다는 보육원의 장소보다는 보육사업하기에 모든 게 편리하지 않니. 그런데 그 죽교동 부지에 아파트를 짓고 있단다.

— 만일 구도를 매각해서 신안군 압해면으로 옮기면 어머니를 죽교동 아파트에서 사시도록 해야죠.

— 한번 의논해봐야겠다.

나는 정말 묻고 싶었던 건 왜 아버지가 어머니 허락도 없이 북교동 집을 팔아 서초동 아파트로 옮겼는가, 하는 의문이었다. 목포 거리에서 배회하는 부랑아를 데려와 그 애들의 때에 찌든 등줄기를 비누질을 하던 어머니의 모습을 떠올렸다. 평생을 춘하추동 몸뻬바지에 흰 고무신만 고집하던 엄마를……

— 형님, 둘째 형이 매도했다는 구례섬 말입니다. 압해면 장감리에 속하니 신안군청에 등기부등본을 떼보면 알 수 있습니다. 누구에게 팔렸는지 말입니다. 구도재생원의 설립자 명의는 아버

지이므로 설립자 동의 없는 매각은 위법 아닙니까.

— 아버지 동의 없이 구례섬을 처분하는 것은 분명 위법이다.
극장 사건이 일어나지 않았다면 구례섬 매도 사건은 절대 일어
나지 않았을 것이다. 구치소 밖에서는 나에게 구도재생원 이사
사퇴서를 강요해서 받을 수 없다는 사실을 둘째 형은 너무 잘 알
고 있었다.

— 그런데 큰형님은 왜 구도재생원 이사를 사퇴한다는 사직서
에 날인하셨는데요?

— 그건 둘째 형이 아버지에게 이사장직의 명의를 이전해주면
매월 생활비를 드리겠다고 언약했지 않니. 그런데 안하무인격으
로 돌변해버린 짓과 똑같았다.

— 그건 아는 사실 아닙니까. 큰형하고 둘째 형 사이에 어떤
묵계가 이루어진 건 아닙니까.

— 그런 건 없었다.

— 형님, 용출도의 땅은 황토여서 비옥하고 풀들이 많았지 않
아요. 부모님이 고아들을 위해 농작물을 수확하고 또 고아원 운
영을 위해 소를 방목까지 하지 않았습니까. 거기에 용출도 뱃머
리에는 자수정이 풍부함으로 엄마는 그곳에서 채취한 자수정의
일부를 금은방에 가져가 감정까지 받았지 않았습니까. 더구나
방조제 옆에는 백사장이 넓으므로 목포 북항에서 가까운 해수욕
장 구실도 할 수 있지 않습니까. 그런 용출도를 엄마는 큰형이

팔았다고 하던데요.

— 그게 말이다. 남교동 W극장을 개관한다고 해서 그때 헐값으로 넘긴 게 후회스럽다.

— 만일 제가 부산에서 병원을 신축하지 않고 아버지 말대로 목포에 갔었다면 둘째 형이 부모님 몰래 구례섬의 사단법인 구도재생원을 해체하지 않았을 것이고, 큰형은 부모님이 백부님에게서 유산으로 받았던 5천 석 중 가장 값진 용출도를 W극장 개관을 빙자하여 팔지도 않았을 겁니다. 결론은 둘째 형은 큰형의 용출도 매도 사건을 묵인하는 조건을 묵계로 구례섬의 매각을 위해 큰형에게 이사 사퇴를 받은 것 아니겠어요?

— 결국은 그렇게 된 것이다. 내가 너에게 면목이 없구나.

이제는 모든 게 다 끝나고 있었다. 엄마가 꿈꾸었던 박애의 꿈은 물거품이 되었고 부질없는 말인 줄 알면서도 나는 큰형에게 사실들을 묻지 않을 수 없었다.

— 술 그만 드세요. 몸은요?

— 대변을 보는데 여간 힘들지 않는구나.

— 혹시 혈변이 있어요?

— 가끔.

— 그럼 오신 김에 대장내시경 검사를 받으세요. 내일 아침 금식하고요.

— 아니다. 어머니는 내가 없으면 찾는다. 올라가 봐야겠다.

결국 엄마는 큰형을 큰형은 어머니를 마지막까지 서로 지키고 있다는 사실이 나를 안타깝게 했다.

나와 아내는 큰형을 보낸 후 앞으로 부모님 일이 걱정스러웠다.

엄마의

급환

B동 산부인과 병원 개원 4년째 봄날이었다. 한밤중이었다. 둘째 형으로부터 전화다.

— 어머니가 지금 병원에 계신다. 코피가 터졌는데 멎지를 않는다. 어떻게 하면 좋겠니……

— 어머니가 왜 목포에 계세요?

— 그래 그 일은 와서 듣고 우선 엄마를 어떻게 할까.

— 엄마가 다녔던 병원으로 입원시키세요. 새벽 첫차로 갈게요. 개인병원 말고 종합병원으로 모셔야 합니다. 이비인후과 의사 있는 병원으로요.

나는 다음날 시외버스터미널에서 광주행 첫 버스로 송정리를 거쳐 통일호 열차 편으로 해 질 무렵 목포역에 도착했다. 성콜롬방병원 중환자실에는 엄마의 베드 곁에 아버님이 계셨다.

— 엄마, 정신 나?

엄마는 고개만 끄떡하신다. 다행이다. 간호사의 말로는 응급실에서 당직 이비인후과 의사의 양쪽 비강 동맥 파열 부위에 지혈제를 묻힌 거즈 패킹으로 지혈시키고 내과적 치료를 받고 있다고 한다. 혈압은 안정되어 있다. 담당 의사를 만나 향후 치료 방법을 물었다. 어머니의 진단명은 고혈압을 동반한 심부전이었다. 향후 지속적인 치료를 필요로 했다.

— 서초동에서 언제 내려왔어요.

나는 아버지에게 물었다.

— 한 보름 전이다. 네 큰형 일로 내려왔었다. 그 W극장을 개조하고 모두 세를 났단다. 큰형과 임차인 사이 언쟁이 벌어졌고 엄마가 중재를 하던 중 코피가 터지며 이 지경이 됐구나.

— 큰형은?

— 매일같이 술만 마시고 둘째 형하고 시비만 벌리고 그런다.

출소 전 엄마는 큰형만을 걱정했었다. 큰형은 출소 후 구도재생원을 팔았다고 둘째 형을 탓했고 엄마를 걱정한다며 서초동으로 올라가겠다 했었다. 한데 말과 행동이 다르다.

— 앞으로 큰형을 어떻게 하실려구요.

나는 아버지에게 물었다. 엄마는 나를 향해 눈을 떴다.

— 서초동으로 데려가야지. 큰형수도 가버리고 주위에는 아무도 없지 않니.

엄마가 말했다.

엄마는 70을 바라보는 큰형을 아직도 돈암정 시절의 어린애로 집착하고 있었다.

— 아버지, 엄마 혈압이 안정되면 어머니와 함께 서초동으로 올라가세요. 그곳 가톨릭성모병원에 가서 종합검사를 받으시고 통원치료를 받도록 교수에게 부탁하겠어요. 큰형은 알아서 W 극장 문제를 해결하도록 그냥 두세요.

나는 죽교동에서 둘째 형을 만났다. 부모님을 서초동으로 모신 후 엄마의 병경과를 알려달라고 부탁했다. 큰형은 보이지 않는다. 그렇지만 엄마가 큰형을 생각하듯 큰형 또한 늘 엄마를 생각하고 있을 것이다. 병원으로 돌아왔지만 큰형은 안 보인다.

병실 밖으로 나왔다. 목포항 삼학도 바다 저편에서 깊고 외로운 무적이 울리고 화물선의 마스트에는 불빛이 전멸한다.

딸들의

항의

엄마는 아버지와 함께 콜롬방 병원에서 서초동 아파트로 올라가셨다. 가톨릭성모병원 내과의사 진단 소견도 목포 콜롬방병원의 진단명과 일치했다. 지인 K교수의 배려로 주기적으로 통원치료를 받고 있었다. 그해 시월 초순 정오쯤이었다. 병원 살림집에서 며느리의 전화다.

— 서울에서 두 고모님이 오셨는데 어머님에게 대들고 야단이에요.

나는 병원 살림집으로 갔다. 첫째와 둘째 누님이 오셨다. 전혀 연락이 없었던 누님들이었다.

— 누나들 오랜만이네요. 큰누님은 죽교동 집에서 왜 나오셨어요.

— 나온 게 아니고 네 둘째 형한테서 쫓겨났지 않았니.

― 둘째 누나, 매부는요?

둘째 누나는 뽀로통 뜸을 들였다.

― 미화원으로 취직했다가 교통사고로 퇴직하고 집에서 쉬고 있다.

― 큰누나는 지금 어디서 사는데요?

― 둘째 창희와 함께 있다. 그런데 북교동 집을 아버지가 처분하고 이 병원 짓는데 너에게 돈을 많아 보냈다면서?

― 누님도 참, 우리 아버지가 자식들에게 돈 한 푼이라도 주실 분이에요. 탁이 엄마가 오죽했으면 외국에 가려고 비자까지 받았겠어요. 병원을 지어줄 테니 가지 말라 해서 아버지 말대로 안 갔는데 항공료만 물어줬잖아요. 우리 처지가 낙동강 오리알 신세가 안 됐소.

― 오죽했겠니.

큰누나가 맞장구쳤다.

― 그러니 얼마나 고생했겠어요. 탁이 엄마 친정 식구들 특히 장인은 아예 병원 신축하는데 감독을 자처하고 처남은 공사장에서 직접 공사를 하고…… 그래서 지었던 병원이었어요.

― 그럼 아버지가 팔았다는 북교동 집값을 누가 가져갔느냐.

― 아버지가 알아서 했겠죠.

― 이번에 결판을 내야겠다.

두 누나는 무슨 속셈인지 며느리에게 밥상을 차려오라 커피를 가져오라 하고 아예 작심하고 내려온 것 같았다. 그리고 저녁 무렵이었다. 둘째가 자기 형수 연락을 받고 항공편으로 내려왔다.

— 고모님은 연락 한번 없으시더니 우리 엄마에게 돈을 받으러 오셨다면서요. 할아버지가 돈 한 푼 주실 분입니까. 구도재생원과 할머니밖에 몰랐잖아요. 이 병원요, 외할아버지가 돈 쌓아 들고 삼촌은 용돈 한 푼 받지 않고 심지어 공사장 인부 노임까지 보태서 병원을 지었어요. 고모님은 도대체 우리 엄마에게 무슨 받을 돈이 있다고 그러세요. 제가 아들 입장에서 병든 엄마를 살려야겠어요. 나가서 얘기 좀 하십시다.

둘째에 이끌리어 나간 두 누님에게서는 연락이 없었다. 다음 날 아침 아내는 둘째에게 전화를 받았다.

— 항공편으로 함께 서울에 왔어, 엄마. 앞으로 오시지 않을 겁니다. 고모님들 말을 들으니 우리 병원 신축 비용을 목포 북교동 집을 판 돈으로 지었다고 생각했어요. 그럴 수밖에 없죠. 큰고모는 죽교동 집에서 쫓겨났고, 작은고모는 고모부가 교통사고로 집에 있고 하니 수입은 없고 큰고모 말을 듣고 왔겠죠.

— 우리라도 여유가 있으면 도와드리고 싶은데…… 특히 큰고모님은 마음이 어지시다. 애썼다. 네 할머니 할아버지는 고아원 이외엔 누구를 돈 주고 재산 나누어주고 그럴 분이 아니시다. 내가 너희들 어릴 때 겪었지 않았니. 그때 구도재생원 사건 때 엄마는 굶기를 밥 먹듯 하면서 세관이다 검찰이다 하고 쫓아다녀

도 교통비 한 푼 안 주셨다.

— 알았어요. 엄마, 몸 좀 챙기세요.

아내가 목포에서 엄마와 함께 있을 때 보았던 두 누나의 친정 아버지에 대한 생각은 모두 부정적이었다. 그렇다고 친정엄마에게 대해서도 두 누나에게는 흔한 다른 가정집 친정엄마를 감싸는 일도 없었다. 누나들은 둘째 형에게 항의를 하지 못한 이유는 죽교동 건물 토지 등은 구도재생원의 분원이므로 사단법인은 개인 소유가 아니어서 개인이 건드릴 수 없다. 그러므로 북교동 집만 부모의 개인 소유로 되어 있으므로 상속법에 의해 매각된 집을 자식으로서 지분을 요구할 수 있다는 이유에서일 것이다. 그러나 누나들은 둘째 형이 신안보육원을 설립한 것은 구례섬을 매도해서 신안보육원으로 이름만 바꾸었다고 생각하고 있으므로 북교동 집의 매각에 대해서는 필사적으로 부산의 병원 신축에서 상속 가능의 희망을 걸었었던 것이다.

구례섬은
어디로
갔느냐

오랜만에 목포와 서울에서는 이렇다 할 소식은 없었다. 누님들이 둘째에 이끌리어 서울로 올라간 후 2년째 되는 이른 봄날 큰형으로부터 등기 한 통을 받았다. 심각한 내용의 편지 한 장이 등기부등본 안에 끼어 있었다.

"병원은 잘되는 거지. 형이 도와주지 못해서 미안하다. 둘째 형이 구례섬을 팔고 신안군 압해면 동서리 쪽으로 보육원의 터를 잡았다. 그렇지만 '구도재생원'이라는 이름만은 바꾸지 말았어야 했다. 설령 둘째 형이 자기 성을 바꾸었다 해서 부모의 자식이 아님을 부인 못하듯 구도재생원을 신안보육원으로 바꾸었다 해서 구도재생원이 영원히 없어지지 않는다. 구도재생원은 일제강점기에 태어난 우리 집안의 운명과도 같았다. 옷을 바꾸어 입었다고 해서 실체를 숨길 수 없지 않느냐. 과거가 있었으므로 현재의 모습이 된 게 아니더냐. 이름을 바꾸고 과거를 은폐한 일은 얼핏 생각하면 보육원의 장래를 위해 잘한 일이라고 자신은 생각하겠지만, 그러나 만일 그 실체가 밝혀지면 매도당할 것이다. 네 둘째 형은 부모 형제들을 멀리하고 이용가능한 사람들로만 보육원을 경영함은 참을 수 없는 일이었다. 부모님은 구도(龜島) 때문에 목포에 오셨다. 6·25전쟁 때 둘째 형은 서울에 눌러 있어 부모님의 돈암정 집만 없앴지 않았니. 1·4후퇴 전후해서 구도(龜島)에 얽힌 부모님의 숙명적인 사연을 모른 채 또다시 구도(龜島)를 독식하는 수혜자가 되었으므로 오직 구도(龜島)를 처분하여 자기 왕국을 이루는 목적뿐이었다.

구도(龜島),구례섬은 네 엄마가 목숨을 걸고 지킨 섬이었지 않았니. 비록 내가 용출도를 타의에 의해 타인에게 넘긴 건 백 번 변명한들 인정하겠니. 그러나 구례섬 또한 부모님 소유의 사유재산이었으므로 매도하기 전 부모 형제간에 모든 것을 실토하고 매도했어야 후일 부모 형제간 말썽이 없을 것 아니니.

그래서인데 신안군 압해면 장감리 소재 구례섬의 전부증명서를 뗀 것을 동봉한다. 의문이 생기면 연락해다오."

등기부등본에서 사단법인 구도재생원의 구례섬 소유권 명의 이전은 네 사람이었다. 한 사람은 목포가 주소지이고 나머지 세 사람은 서울이 주소지였다.

큰형의 편지는 다시 이어졌다.

"아버지 입장에서는 둘째 형의 생각하고 달랐다. 구례섬은 돈으로 환산할 수 있는 땅이 아니었다. 개신교였던 어머니에게서는 구례섬이란 개신교도들이 예루살렘을 포기할 수 없는 성지와도 같았다. 어떤 희생의 대가를 치루더라도 부모님은 그 구례섬을 포기할 수 없었던 속죄의 섬이었다. 아버지에게 있어서는 구례섬 산정의 붉은 벽돌집은 박애정신을 실현하는 고아사업의 정신적인 근거지였고, 어머니에게는 해방 후 죽음으로써 구도재생원을 지키며 면면히 고통으로 점철된 섬이었다. 둘째 형은 백부님이 어머니에게 주셨던 돈암정 집에 이어 두 번이나 어머니의 가슴에 돌이킬 수 없는 상처를 주었다.

어머니 아버지는 둘째 형과 의절한 채 전혀 소식을 모르고 지내고 있다. 고독한 노후다. 아버지는 매일 같이 구례섬을 찾아야겠다, 구례섬은 어디로 갔느냐, 하고 원망이 대단하다. 아버지 소유의 명의가 등기부전부증명서에서 네 사람에게 소유권이 이전됐으므로 후일 매도액 내용을 밝혀 두어야 한다. 형들이 너의 병원 개설에 전혀 도움을 주지 못한 데 대해 용서를 빈다. 이만 줄인다.

끝으로 장남으로서 부모님을 지켜드리지 못하였음을 제수씨와 너에게 사죄한다. 밀수 사건으로 구도재생원을 절체절명의 위기에서 구해주었는데 말이다. 너희들을 목포에 오게 했었다면 그런 일이 없었는데 말이다. 고맙다. 큰형이 씀."

엄마의 일기장에는 경락(京洛)은 경성 아가씨와 낙동리 총각 사이에 태어난 첫아들이라고 적었다. 엄마는 잊지 못하는 첫사랑처럼 큰형을 곁에 두려고 했다.

나는 왠지 가슴이 뭉클했다. 그때 엄마 곁을 떠나 처음 광주라는 낯선 곳으로 떠나려는 전날이었다. 큰형은 엄마를 대신해 자취 도구와 침구류 등을 수하물로 탁송할 짐을 꾸렸다. 순천 안력산병원 비탈길을 달음박질치다 깨진 무릎을 쓰다듬고 큰형의 등에 업혀 집으로 갔던 일들이 새록새록 떠올랐다.

세계평화통일기념관
건립을 위한
아버지의 미국행

엄마는 둘째 형이 사단법인 구
도재생원의 해체와 구례섬 매각
이래 식음을 전폐하고 계시는 아
버지에게 삶의 또 다른 보람을 드리기 위해 외사촌 최거덕 목사
에게 부탁하여 뉴욕 근교 뉴캐넌 코네티컷에 거주하는 그의 따
님 최은희의 초청으로 서예전시회를 열도록 주선했다.

오래전부터 녹음기를 틀어놓고 영어회화 공부를 하는 등 아버
지 나름대로 미국행을 계획해 왔었지만, 그 꿈은 비로소 엄마의
주선으로 '세계평화통일기념서도회'를 개최하기 위해 86세의
아버지는 붓 한 자루만 들고 1985년 3월 7일 홀로 미국으로 출
국했다. 아버지는 최거덕 아저씨의 따님을 위시하여 여러 찬조
인사들의 도움으로 뉴욕 교외의 안락한 도시인 뉴캐넌 코네티컷
에 200억 원의 건축비로 열 정보의 정원에 건평 400여 평의 세

구도(龜島)를 아는가❶

계평화통일기념관을 건립하여 세계평화에 일조 후 귀국하셨다.

어머니를 큰형에게 맡기고 1년 만에 귀국한 아버지는 후일 나에게 사진 한 장을 보내셨다. 그 사진에는 기념비적 세계평화통일기념관 앞에서 한쪽 손을 올리고 파안대소하는 아버지의 모습이 보였다.

1년 만에 아버지는 달랑 쥐색 쌤소나이트 가방 하나를 들고 서초동 엄마에게 돌아오셨다. 그 가방 안에는 뭉뚝한 몇 자루의 대형 붓과 토막 난쟁이 먹들, 그리고 연못처럼 파인 벼루 하나가 비닐 주머니에 넣어져 '세계평화통일기념관' 팸플릿에 싸여 있었다.

통일로에 세워진
'남북평화통일기념비'와
문산 공원묘지

나는 주말이면 틈나는 대로 서초동에 들렀다. 큰형님이 계셨다. 모든 것을 다 털어버리고 어머니 곁에서 간병인 대역을 하고 계셨다. 그러나 어머니는 큰형 외 이 상사라는 40대 직업 군인을 나에게 인사시켰다. 아버지가 그를 양아들로 삼았다고 한다. 문산 통일로 헌병파견대 근무하는데, 집은 문산시내에 있다고 했다. 아버지는 본 거주지였던 목포 북교동을 서초동으로 옮긴 후 YMCA 유도장에서 이 상사를 만났다고 한다. 큰형님이 서초동으로 오시기 전이었을 것이다. 큰형과 둘째 형의 발길이 끊기자 아버지는 자주 서초동 집에 들러 어머니를 살갑게 대해주는 이 상사를 양자로 삼았을 것이다. 이 상사는 가끔 휴가를 얻어 문산에서 서초동으로 부모님의 심부름을 하고 아버님께서 쓰신 서예를 받아가기도 했다.

구도(龜島)를 아는가❶

미국에서 귀국한 아버지는 젊어서부터 계획했던 도미 서도전 시회의 꿈을 이루었지만, 엄마의 병이 깊어가는 줄도 모르고 오롯이 남북평화통일이라는 이상향에 집착하여 서예 쓰시기에 전념하셨다. 드디어 아버지는 경기도 파주군 문산읍 통일로 북쪽 38선 근처에 '남북평화통일기념비'를 세웠다. 그때 나이 90세에 접어든 아버지의 서예 생활을 위해 어머니는 병마에 누워만 계시던 자신의 몸을 돌보지 않고 낙동분교에서 용근이라는 학동을 바라보는 심정으로 누운 채 아버지의 건강을 챙기셨다.

아버지가 미국 서도전시회를 하고 귀국 2년 후였다. 나는 아버지를 따라 문산으로 갔었다. 아버지는 남북평화통일기념비가 38선 부근에 세워졌으므로 아버지가 묻힐 가묘를 막내인 네가 알아두어야 한다는 것이었다. 이 상사가 전하는 말에 의하면, 아버님의 원에 의해 그곳에 가묘를 조성했다고 한다. 나는 아버지를 따라 문산 공원묘지를 찾았다. 평탄한 산허리를 따라 조성된 공원묘지였다. 아버지는 숨이 차 산정으로 오르는 길목에서 저쪽 산정을 가리킨다.

— 저 맨 위쪽 묘지 양쪽에 세워진 코끼리상이 있을 것이다. 그곳이 내 가묘다. 한 번 확인하고 오너라.

나는 아버지의 말에 아연실색했다.

— 아버지, 백부님이 계시는 선영은 어떻게 하시려고요.

— 한 번 가보고 오너라.

분명 이 상사라는 사람은 두 형이 부모를 멀리하는 사이 선영마저 멀리하도록 만들었다. 나 홀로 아버지가 가리킨 산정 묘소로 올라갔다.

묘소는 산정 능선에 있었다. 나는 등을 남쪽으로 하고 눈을 북쪽으로 향했다. 구름을 안은 고만고만한 산봉우리들이 눈앞에 펼쳐져 있다. 통일로에서 조금만 올라가면 개성의 집들이 나올 것이다. 아버지는 무슨 연고로 개성을 바라다보이는 이 공원묘지에 가묘를 썼을까. 기이한 생각이 들었다. 그때 등 쪽에서 고함 소리가 들렸다. 아버지는 두 손을 흔들고 계신다.

— 아버지 내려갈게요.

가묘는 곱게 단장되어 있었다. 한참을 내려갔다.

— 어떻든?

— 아버지는 한 분뿐이지 않아요.

— 그게 무슨 소리냐?

— 아버지가 가셔야 할 선영이 정해져 있다는 말입니다.

— 나, 낙동 장곡리에는 가기 싫다.

— 왜죠?

— 네 엄마도 낙동 장곡리에 가기 싫다고 하니 각자 좋은 곳으로 찾아갈 수밖에는……

만일 둘째 형이 구례섬을 처분하지 않았다면 이런 일이 벌어지지 않았을 것이다. 공원묘지 경비실 입구에 대기 중인 이 상사

구도(龜島)를 아는가❶

의 차편으로 문산 통일로 길가에 세워진 '남북평화통일기념비' 앞에 차를 세웠다. 이 상사는 '남북평화통일기념비'를 배경으로 아버지와 나를 향해 사진 한 컷을 담았다.

두 형들이 제정신을 잃고 부모님을 망각하고 있었던 틈새에 미국을 다녀온 아버지는 어머니를 서초동에 남겨둔 채 길 잃은 미아(迷兒)처럼 이 상사에게 의지해 왔다.

나는 로마의 전쟁영웅 줄리어스 시저가 믿었던 부하 브루투스를 향한 마지막 절규를 떠올렸다.

브루투스 너마저!

철석 같이 믿었던 부하 브루투스의 칼에 찔렸을 때 줄리어스 시저의 외마디를……

엄마의
마지막
편지

"탁이 아범 보아라. 엄마는 어려서 아버지와 오라버니를 항일 운동에 빼앗기고 진명학당을 마친 19세 이후부터 가장 노릇을 하다가 나라에 도움이 되는 길은 없을까 하는 생각에서 은사의 고향인 상주에 농촌계몽운동 차 떠났던 게 네 아버지와 인연을 맺게 되었다. 그러나 자라온 환경이 전혀 다른 남녀가 일생 동안 길동무가 되는 일은 가시밭길임을 뼈저리게 느꼈다.

경상도라는 토양은 지형이 그렇듯 사는 게 초근모피를 면치 못했다. 할 수 없어서 사는 건지 죽어가면서 사는 건지 눈만 감고 있지 않았지 언제든지 죽어 있는 것처럼 사는, 사는 뜻을 전혀 알지 못한 채 짐승처럼 사는 일이 낙동의 삶이었다. 그런 척박한 고을에서 어떻게 만석꾼 부자가 되었겠니. 네 백부님은 길

구도(龜島)를 아는가❶

가에 버려진 신문 파지까지 주어다 집에 쌓아두고 지낼 만큼 근검절약이 뼛속 깊이 박혀 수중에 들어온 돈은 어떤 일이 있어도 안 썼던 수전노의 교과서 같은 사람이었다. 하지만 돈이란 건 쓰기에 따라 빛이 나는 것임을 아셨던 분이셨다. 그렇게 모았던 돈을 이 어미에게 5천 석을 네 아버지를 통해 주신 것은 이 어미가 한때 항일운동 정신을 욕되게 했던 네 아버지의 친일에 대한 보상이었을 것이다. 그래서 이 어미는 평생을 속죄로 몸뻬바지에 흰 고무신으로 살아왔다.

네 큰형은 원래가 어질었다. 그러나 둘째 형은 어려서부터 생각이 외고집이었다. 그건 네 아버지가 아니고 외할아버지를 닮았다. 외할아버지는 한번 생각을 정하면 그 길밖에 모르셨던 분이라고 전해 들었다. 그러나 큰형은 정이 넘치는 게 어려서부터 남을 잘 도왔다. 겨울에 벌벌 떠는 반 학생을 보면 오버코트를 벗어주고 집에 온 적도 있었다.

고아사업에 제 몸을 바친 사람은 박애를 몸으로 행하는 천형(天刑)의 사람들이다. 자선사업이란 본래 자신의 안위를 버리고 남을 이롭게 하는 게 자선이 아니겠니. 먹을 것 입을 것 다하고 나머지로는 자선을 할 수 없지 않니. 내가 왜 이런 말을 너에게 하는가 하면 큰형에게 아버지의 목숨과도 같은 구도재생원을 물려주지 않고 둘째 형에게 물려준 것은 한 가지 하는 일에만 몰입하는 성격이었기 때문이란다.

그러나 네가 말이다, 광주 계림동에 살았을 적에 장마가 져 너희들 자는 방까지 물이 차올랐지 않았니. 둘째 형이 광주 아동복리회에서 주는 원조금을 타러 가겠다고 하기에 행여 그런 처지의 너희 가족에게 도움을 좀 주겠지 하고 너희들 사는 델 들러 봐라 했었다. 무슨 말인지 알겠니. 둘째 형은 어릴 적부터 한 번도 친구에게 무엇을 주는 것을 보지 못했다. 그런 성질은 겉으로 보기엔 냉혈인간으로 보일지 모르지만 말이다. 부모가 피땀으로 얼룩진 구도재생원을 이어 나가는데 이것저것 베풀지 않는 둘째 형은 큰형에 비하면 모질어 보이지만 부모 입장에서는 아버지의 대를 이을 구도재생원의 적임자라고 생각해 왔었다.

원래 부모 시키는 대로 잘 따라주었던 큰형이었지만 극장 영사기 도난 사건으로 피의자인 직원을 손찌검으로 졸도, 사망한 일이 생긴 이래 성격에 변화를 일으킨 탓인지 아니면 둘째 형과 사전 묵계가 있던 탓인지 큰형이 구치소에 수감되어 있을 때 말이다. 둘째 형은 큰형의 인감을 가지고 가서 큰형을 주면서 구도재생원 이사 사임서에 날인하도록 강요했었다. 그 일로 말미암아 형제간에 원망을 하고 있는데 어찌하겠니. 구도재생원을 압해도 신안 쪽으로 옮기려면 큰형의 동의가 있어야 하고 구례섬 매도의 재산 건으로 말썽이 일어날 것은 뻔한 일이 아니겠니. 큰일을 앞두고 인정에 기울면 일이 망가지기 십상이다. 하지만 인간이란 역시 눈물이 있어야 하지 않겠니. 가혹한 용단 하나로 모든 일이 해결될 수 없지 않니. 그게 형제간에 일어난 일이라면……

그래도 아무리 부모가 이루어 놓은 재산이라 할지라도 열 손가락 중 한 손가락만 달린 손은 손이라고 볼 수 없고 괴물에 속하지 않니. 그래서 이 어미 생각은 형제간의 우애를 죽이면서까지 고아사업을 하라고 하고 싶지 않았다. 그래서 이 어미는 탁이 아범이 의사이므로 인간관계란 게 독단적이면 후환이 두렵구나. 너희 아버지 동의도 없이 구례섬을 팔아 아버지의 한을 품게 되었고, 과욕해서인지 부모 형제에게 매도했던 매도금을 공개도 하지 않고 비밀리에 붙이고 있음은 서로 불행한 일이었다. 아무쪼록 후환이 없기를 바란다.

앞으로 나는 네 아버지의 부모님을 모신 선영에 가지 않겠다. 이점 명심해라. 왜냐하면 이 어미가 아버지를 충동질하여 구도재생원을 사단법인으로 설립하여 고아사업을 했으므로 내 사후에도 고아들과 함께 했던 구도재생원에 영원히 남을 것이다. 비록 그 이름이 신안보육원으로 바뀌었다 한들 무슨 상관이 있겠니.

탁이 어미와 함께 했던 북교동 시절은 이 어미의 생애 중 가장 행복했던 나날들이었다.

구도재생원의 구례섬이 그대로 있어 주었다면 내가 신안이라는 곳으로 따라갈 것이라는 이유도 없으려니와 네 아버지 또한 이 상사가 정해 놓은 문산 공원묘지에 가묘를 준비할 이유도 없지 않았겠니. 이 어미는 항상 너희들을 위해 기도드린다.

구도재생원의 구례섬은 아버지와 엄마의 새 출발지였던 성북구 돈암정과 똑같은 희망의 요람이었다. 그래서인데 우리 집안에도 구도재생원을 구해낸 탁이 어미와 같은 며느리가 있어 마음 든든했었다. 우리 집안은 너희들 두 어깨에 달려있다는 것을 명심해라. 아버지와 합심해서 선영을 보존해다오. 나는 내가 신택한 신안보육에서 안식할 것이다. 엄마가 씀."

감리교 신자였던 엄마는 뇌리 뿌리 깊은 원죄에 대한 속죄를 위해 엄마가 선택했던 희망의 섬, 구례섬을 매각한 둘째 형을 대신하여 실낙원의 고통을 나에게 전했다.

감자꽃 피는
엄마의
땅으로

새벽이었다. 분명 용출도 황톳길 언덕 위였다. 어머니는 나를 향해 서 계셨다. 나는 황톳길 하얀 감자꽃 피어난 밭이랑을 따라 달려갔다. 비몽사몽간에 나는 전화 한 통을 받았다. 큰형이다.

— 엄마가 운명하셨다. 오늘 새벽에……

큰형은 엄마 잃은 아이의 목소리처럼 목이 잠겼다.

— 낙동으로 모셔야지요.

— 며칠 전 나에게 당부하셨다. 신한보육원에 묻어달라고……

— 결국 형님에게도 그렇게 말씀하셨군요.

— 뭘 말이냐?

— 낙동에 가지 않겠다고요. 얼마 전에 엄마에게서 온 편지에서도요.

큰형의 흐느끼는 소리가 들린다.

― 나는 엄마에게는 애물단지였단다. 나 때문에 경상도 사람과 인연을 맺었고, 나 때문에 외국에의 꿈을 포기했고, 구도재생원을 하겠다고 중등포에 과수원을 마련했고, 뒷개 앞바다 구례섬에 구도재생원을 차린 후부터 일생 동안 몸뻬바지에 흰 고무신만 고집하시고, 화장 한번 하신 것을 보지 못했다.

― 큰집 순태 형은요? 둘째 형은 어떻게 한데요.

― 그렇지 않아도 엄마 장지를 선영에 모시지 않으면 순태 형은 숙모님 장지에 가지 않겠다고 둘째 형하고 다투었다.

― 탁이 엄마는 입원 중이므로 혼자 서초동으로 출발하겠습니다.

나는 폐렴으로 입원 중인 아내를 두고 K공항으로 향했다.

용출도 황톳길 언덕 위 어머니의 모습으로 마지막 이별을 고하는 엄마. 외딴집에 홀로 두고 난바다 피난길 장산도의 범굴에서 천행으로 살아 돌아오기까지 그 황톳길에 서서 무사생환을 기원했던 엄마는 나에게 이승의 이별을 고한 것이었다.

정오쯤 나는 서초동 삼익아파트에 도착했다. 어머니가 나를 맞이하곤 했던 2층 출입문 바깥 담장엔 어머니 대신 근조라는 등 하나만 보였다.

아버지는 세 딸에 에워싸인 채 넋을 놓고 계셨다. 녹음기에서는 몽수경의 독경 소리만이 아버지의 심경을 달래고 있다. 장산도 탈출에서 나는 일념으로 어머니를 만나게 해달라고 외우고 또 외웠던 몽수경의 독경 소리만 아파트 안의 슬픔을 위무하고 있었다.

나는 엄마가 계시는 안방으로 갔다. 어머니의 문갑 위에는 한 묶음의 일기장이 놓여 있었다. 어릴 적부터 보아왔던 손때 묻은 대학노트들이었다. 맨 위 노트의 첫 장을 열었다.

…… 나는 이 세상에 태어나지 않았어야 했다. 산다는 게 고통뿐이었다……

가족들 아무도 거들떠보지 않은 엄마의 일기장들, 고통에 저린 엄마의 한 묶음 일기장을 금빛 보자기에 샀다. 나는 금빛 보지기로부터 엄마의 고통의 실타래를 풀어낼 것이다.

新安으로
가는
길

둘째 형수는 보자기에서 꺼낸 수의를 엄마에게 입혔다. 나는 고목처럼 까칠해진 엄마의 손가락을 편 후 내 이름, 전문의, 의학박사가 새겨진 명함 한 장을 엄마의 손바닥에 쥐어주었다. 그렇지만 엄마가 그렇게도 바라던 세계적 의사의 길로 가는 길목인 미국 대학병원 의사 자격증은 명함에 없었다.

— 엄마, 이 막내가 엄마 곁을 떠난 후 20년 만에 한눈 팔지 않고 제가 올라섰던 산정에서 얻은 것이라곤 이것밖에 없습니다. 엄마, 탁이 어미와 제가 부모님의 기일을 잊지 않고 기리겠습니다. 낙동 선영 아래 산지기 집을 헐고 부모님을 모실 집 한 채를 지어 해마다 찾아뵙겠습니다. 초등학교 입학식을 마치고 집으로 가는 길에 엄마의 손을 잡고 그 엿 공장을 지나며 보았던

엄마의 화사한 얼굴을 잊지 않겠습니다. 엄마가 가시겠다는 신안의 바닷가는 너무 멀어 자주 오지 못할지라도 아버지를 찾아가 모실 때마다 엄마를 찾아온 마음으로 구도재생원을 잊지 않고 말하겠습니다. 엄마, 엄마의 돈암정 신혼 한옥을 6·25전쟁 중 둘째 형과 살아남기 위해 팔아버리고 1·4후퇴 때 륙색을 걸머지고 북교동 집을 찾아왔다고 마뜩찮게 여겼던 둘째 형수는 그러나 엄마를 위해 말없이 마련해 두었던 수의를 마지막 가시는 길에 고이 입혀 드립니다. 극락왕생하십시오.

서초동 아파트는 얼마 후면 비워줘야 했다. 아버지가 목포 북교동에서 서울 서초동으로 집을 옮긴 이래 둘째 형이 약속했던 생활비를 엄마는 한 푼도 받아보지도 못한 채 은행에서 생활비로 지급받고 있는 모기지론의 기간이 얼마 남지 않은 서초동의 아파트는 아버지에 의해 자물쇠가 잠겨졌다.

아버지를 모시고 가족들은 장의차에 모두 올라앉았다. 서초동 아파트를 뒤로하고 어머니를 실은 장의차는 서울 시가지를 벗어났다. 평택을 지난 장의차는 서해안고속도로에 진입했다. 당진을 지나자 아내의 고향인 홍성군을 거쳐 보령을 지나 군산에 들어섰다. 차창 밖 만추의 햇살이 따스했다. 가족들은 할 말을 잊은 채 아직도 입을 봉하고 있다. 김제 평야를 지나는 차창 밖으로는 끝 간 데 없는 벼 이삭들이 바람결에 출렁이고 있다. 장의

차는 변산반도를 거쳐 고창을 지났다. 드디어 차는 전라도 고속
버스 도로에 진입했다. 멀리서 무안반도의 봉수산이 보였다. 나
는 어머니의 일기를 떠올렸다.

"나는 중등포에서 부랑아 30명을 데리고 고아사업을 하려고
했었다……"

엄마의 꿈이 여물었던 중등포를 지난 장의차는 목포의 북항
뒷개에서 숨을 죽였다. 버스는 이냥 가족들을 앉힌 채 출항 전
도선의 선창으로 들어갔다. 물때는 만조였다.
— 저기 구례섬이다!
가족들의 탄성이 터졌다. 모두의 눈길은 구례섬 병풍바위 쪽
으로 쏠렸다. 맨 앞자리를 차지하고 있는 아버지의 머리가 멀어
져가는 구례섬을 따라 왼쪽으로 움직였다. 나는 광복 후 그때 저
구례섬의 산정 벽돌집 강당 앞 무화과나무 앞에서 미군의 총부
리에 맞섰던 엄마를 떠올렸다.
엄마는 통역관을 대동하고 들이닥친 미군정청 장교의 총부리
앞에서 가슴을 풀어헤쳤다.
— 내 말이 거짓이면 그 총으로 나를 쏴라!
엄마의 가슴을 향해 겨누었던 미군 장교의 총부리가 내려졌다.
— 아이 엠 쏘리.

　　　　　　　　　　　　　　　　구도(龜島)를 아는가 ❶

나는 40세의 담대했던 엄마의 그때 모습을 떠올렸다.

구례섬을 벗어난 도선은 용출도 뱃머리를 지나고 있다.

― 엄마다!

무심코 장산도에서 살아 돌아왔던 그때의 외마디 소리가 터졌다.

나는 어머니가 일념으로 우리 일행의 무사귀환을 기도드리면서 계셨던 용출도 제방 너머 황톳길 언덕 쪽을 바라보았다.

무사히 압해면 선착장으로 상륙한 장의차는 신안군청을 거쳐 담장 밖으로 황금색 감들이 주렁주렁 매달려 있는 단일 도로를 지난다. 신안보육원으로 가는 분매리 길로 들어섰다. 갯벌이 드러나는 학교리 만(灣)을 옆에 두고 장의차는 울퉁불퉁 비포장도로에 들어서자 속력을 늦추었다. 길이 끊긴 곳부터 점토 같은 갯벌이 장의차의 바퀴에 짓눌리어 들어가곤 했다. 곧이어 붉은 기와로 덮인 단층 원아들의 숙사 건물이 여기저기 나타났다. 숙사 위쪽으로 일자형의 건물 현관에 '신안보육원' 간판이 보였다. 장의차는 나지막한 신용리 갯벌만(灣)을 바라보는 언덕길의 상수리나뭇길에 멈춰 섰다. 썰물 때였다. 가족들은 장의차에서 발을 절뚝거리며 하나둘씩 나왔다. 그리고 상수리나무 아래 앉아 지천으로 드러나는 갯벌 바다를 바라보며 다리를 폈다.

일행들은 산역을 하려고 파헤쳐진 묘역 쪽으로 다가섰다. 묘혈 안에는 침대 모양의 바위가 가로로 박혀 있다.

— 형수, 어머니의 묘혈에 바위가 박혀 있지 않습니까.

— 아버님 돌아가시면 낙동의 선영으로 모실 때 합장하면 되지 않습니까.

— 그때까지 아픈 허리를 참고 기다려야 합니까?

— 이제 와서 어떻게 하겠어요.

— 저쪽으로 묘를 썼으면 좋았을 텐데요.

나는 엄마의 묘역 위쪽을 가리켰다.

— 저것은 형님과 저의 가묘입니다.

— 물은 거꾸로 흐릅니까?

— 그럼, 탁이 아버지가 바꿔드리세요.

파헤쳐진 묘역 앞에서 형수는 성깔을 내면서 자리를 떴다.

류색을 걸머메고 북교동 집으로 왔었던 저 함경내기는 끝내 엄마에 대한 억하심정 탓일까.

아버지를 에워싼 딸들의 통곡 속에 어머니의 하관을 집행하는 목사의 하관 예배가 시작됐다.

예수께서 이르시되,

"나는 부활이요 생명이니 나를 믿는 자는 죽어도 살겠고, 무릇 살아서 나를 믿는 자는 영원히 죽지 아니하리니 이것을 네가 믿느냐……"

요한복음 제11장 25절 26절 및 27절…… 영생에의 길로 안내하는 하관 예배를 마친 후 취토가 시작됐다.

　아버지는 세로로 영구를 씌운 붉은 천의 해주 최씨 위로 첫 취토를 뿌렸다. 뒤이어 큰형이, 둘째 형이, 그리고 누나들이, 마지막에 나는 자갈 섞인 흙을 한 삽 떠 흩뿌렸다. 그리고 마지막 취토를 했다. 이제 붉은 천에 적힌 엄마의 해주 최씨는 지상에서 사라졌다.

　"한평생 사는 것이 참으로 괴로웠다. 나는 이렇게 말하고자 한다. 세상에 태어나지를 마라! 지금 나는 이 글을 쓰려고 하는데, 생각나는 대로 한마디씩 쓴다. 내가 목포에서 삼십 리 떨어진 무안군 중등포에 과수원을 사가지고 고아 삼십 명과 함께 구례섬에서 부랑아들의 보금자리를 잡고 성심껏 살려고 목적하였다……"

　나는 어머니의 손때 묻은 일기장의 첫 장을 떠올렸다.

　— 엄마, 고생은 했지만 세상이 뒤바뀌었을 때도 무사했잖아요. 세상은 엄마를 다 기억합니다. 나도 엄마처럼 열심히 살게요.

　상수리나무 언덕 아래에서 푸른 이내 같은 연기가 피어올랐다. 엄마의 단벌 몸뻬바지를 태우는 큰형의 두 눈은 퉁퉁 부어있었다. 갯벌만이 잇댄 바닷가에서 엄마는 밀려오는 해조음을 기다리며 고통만 찾아왔던 평생을 되새김질할 것이다.

나는 형수에게 엄마의 영정을 물었다.

— 저쪽 동 원아숙사 문 입구에 있어요.

형수가 알려준 원아숙사 출입문으로 들어섰다. 신발장 위에 엄마의 빛바랜 주민등록증이 늦가을 햇볕 아래 희끄무레 버려져 있다. 변변한 사진 한 장 없었던 엄마에게 나는 죽을죄를 지었다. 시어머니를 바닷가 바윗덩이 위에 매장하고, 영정을 모실 장소도 없이 주민등록증마저 원아 신발장 위에 버려둔 함경도 며느리에게 팔려가버린 구례섬의 박애정신을 말하는 것부터 어리석었다. 형수를 찾았다. 보육원 사무실을 휘젓고 다니는 그녀에게 다가섰다.

— 형수, 어머니 주민등록증을 제가 가져갑니다. 영정사진이 한 장도 없으니 이 주민등록증을 확대해 한 장 들릴게요. 한 장은 제 서재에 걸어놓고요.

— 아이고 필요 없수다. 다 가져가기오.

돈만 알고 근본을 모르는 함경도내기지만 우리집 전 재산을 물려받은 둘째 형의 부인이 아닌가. 그러나 오늘만은 참고 후일로 미루자. 나는 아버지를 모시고 사무실로 들어섰다. 사무실 옆으로 아담한 예배실이 갖추어져 있다. 둘째 형은 냉혹하지만 여러 동의 원아실이며 취사장과 식당 등은 청결하게 정돈되어 있다. 나는 상수리나무 아래에서 방금 전 성토를 마친 엄마의 봉분을 카메라에 담았다.

— 엄마, 일생 사시는 게 참으로 괴로웠죠. 그래도 구례섬이나 죽교동의 보육원보다 이곳 신안보육원의 갯벌만(灣)이 얼마나 아늑합니까. 둘째 형도 엄마의 혈육이 아니겠어요. 엄마를 추억할 겁니다. 자주 들릴게요. 엄마, 이 땅은 엄마의 영원한 땅입니다.

1899년 2월 11일 구한말 북촌마을 통의동에서 태어난 엄마는 낙동으로, 그곳에서 상투 튼 아버지를 만나 개화시켜 돈암정으로, 두 남녀의 맹세대로 10년을 숨어 살아오면서 6남매를 길렀던 화순을 떠나 순천에서 호남선의 종착지 목포에 도착한 엄마는 구도재생원을 설립했다. 그때부터 목포 북교동에서 몸뻬바지에 흰 고무신 차림으로 속죄의 구례섬에서 아버지와 함께 용출도로, 그리고 서울 서초동에 이르러 1991년 11월 6일 운명하시기까지 92년간을 오롯이 부랑아와 고아들을 위한 사회사업밖에 몰랐던 엄마의 新安보육원 묘에는 그러나 지나온 엄마의 모습 그대로 거쳐왔던 족적도, 통의동에서의 생신 연월일도, 이름마저 없는 난바다 난파선원의 봉분처럼 新安 바닷가에 버려진 채 갯벌의 해풍에 또다시 시달릴 것이다.

— 엄마, 북교동 안마당 물탱크 앞에 쭈그리고 있었던 부랑아

들과 유달산 오포대의 사이렌 소리에 나는 엄마를 빼앗겨 낙원을 잃었지만, 엄마의 몸뻬바지와 흰 고무신을 따라다녔던 뒷개와 구례섬 그리고 용출도. 고난의 사연들은 나와 함께 엄마 따라서 신안으로 왔지 않아요. 엄마, 신안으로 가는 길은 엄마가 얼마나 사무쳐왔던 길 위의 시간들이었어요. 엄마 여기는 영원한 엄마의 땅입니다.

썰물 따라 드러나는 갯벌은 이울어가는 노을을 머금고 바다 멀리 그림자를 드리우고 있다. 나는 갯벌만(灣)에 비낀 노을을 바라보면서 신안보육원을 떠났다.

— 제1부 끝 —

아버지와 나는 낙동리 환향 첫 새벽, 낙동강을 가로지른 낙당교로 갔다. 간밤의 소나기에 낙동강은 탁류를 쏟아내고 있다. 분명 엄마의 일기에 적힌 대로 저곳 강둑은 화살의 시위처럼 휘어진 곳이다. 아버지는 바람처럼 구름처럼 한평생을 전라도를 떠다니다가 새끼구름을 달고 와 지금 고향 하늘 아래 옛 집터를 바라다보고 계신다.

"막내야, 내 결심의 뱃머리를 돌렸다. 네 인도로 고향에서 살기로 결심했다."

"아버지, 네 살배기 소년 막내는 엄마를 백부의 임종에서, 6·25전쟁의 환난에서 항상 함께 구례섬(龜島)을 잊은 적이 없지만 엄마를 홀로 신안군 동서리 바닷가에 두고 헤어진 이래 아버지가 문산의 가묘를 버리고 깊디깊은 천륜의 끈나풀을 선영의 조부모님에게 이어주게 하신 엄마의 기도와 부처님의 가피에 감사드립니다."

· 一九〇〇年 慶北 尙州 洛東里 出生.

· 高麗大 十七回(前 普專) 卒業.

· 一九〇九年 父親과 同伴하여 書藝로서 日本 · 中國 等 各地에 巡訪 書藝界에서 神童의 稱號를 받았음.

· 一九二〇年 日本 帝展 入選.

· 一九二三年 日本 書道會 審査委員.

· 一九三六年 鮮展 入選(人物畫 春郊).

· 一九七五年 五月 日本 富士TV에서 直接 現地 取材 放送.

· 一九七九年 六月 八日 午后 八時 MBC 카메라 출동. 全國 放送. 第一回 韓國展示美術大賞展. 招待 作家 및 審査委員. 心靈 書藝道筆 神筆 創作.

· 木浦에서 再生孤兒院 創設 經營.

· 八十八歲翁 柔道 現役 八段.

· 個人展 國內 國外서 四〇回 그때그때 各地 放送局에서 TV 放映.

· 一九八〇年秋 日本 東京 書藝界 人士들로부터 神筆 道筆 創作 書藝展 招請 展示를 受諾.

· 日本 · 西獨 · 美國 · 佛蘭西 等地에서 神筆 道筆 創作 書藝院을 設置하고 巡廻 指導함.

구도龜島를 아는가 ❶

1쇄 발행일 | 2022년 04월 15일

지은이 | 정현
펴낸이 | 정화숙
펴낸곳 | 개미

출판등록 | 제313 – 2001 – 61호 1992. 2. 18
주소 | (04175) 서울시 마포구 마포대로 12, B-103호(마포동, 한신빌딩)
전화 | (02)704 – 2546
팩스 | (02)714 – 2365
E-mail | lily12140@hanmail.net

ⓒ 정현, 2022
ISBN 979 – 11 – 90168 – 43 – 4 03810

값 16,000원